with
ベリーズ文庫

アラサー速水さんは「好き」がわからない

一ノ瀬千景

STARTS
スターツ出版株式会社

目次

アラサー速水さんは「好き」がわからない

特別書き下ろし番外編

アラサー速水さんは「好き」がわからない

プロローグ

『結局さ、一線を越えていない男ほど忘れられなかったりするのよ！　食べたかったのに買い損ねちゃった限定フレーバーって感じ？』

その日、環《たまき》は新しい取引先となる国立緑邦《こくりつりょくほう》大学附属病院を訪れていた。

医局から出てきたのは青いスクラブに白衣を羽織ったドクター。彼の姿を認めた瞬間、いつか聞いた親友の台詞《せりふ》が耳に蘇《よみがえ》った。

この男は環にとって、まさに〝一線を越えていない男〟だ。でも食べ損ねた限定フレーバーなんかよりもっとずっと質《たち》が悪い。

さっさと忘れたいのに、どうしても記憶から抹消できなかった因縁の相手。

百八十センチ近い長身の彼がこちらに歩いてきて、環の前で足を止める。

癖《くせ》のない黒髪、前髪は六対四くらいの自然な分け目で流されていて形のいい額が見える。奥二重で切れ長の目、スッと通った鼻筋とシャープな顎。端整で品のいい、日本男子らしい顔立ちだ。静かなのに妙にすごみのあるオーラも相まって、まるで武士のような雰囲気を醸し出している。

綺麗《きれい》な唇から落ち着いたバリトンの声が響く。

「脳神経外科の要高史郎《かなめこうしろう》です。どうも」

彼は驚くほど変わっていなかった。もちろん年を重ねたぶんの余裕は備わっているけれど、顔も声も印象は当時のまま。

もっとも環だって、そう変化はないかもしれない。自然なブラウンのロングヘアはあの頃と同じ。卵形の輪郭に、目尻が少しあがった猫目、唇は薄く小さめ。花柄のワンピースよりブラックのパンツスーツが似合うキリッとした顔立ちだ。

メイクの腕は多少向上したけれど、もとの顔がわからなくなるほどのテクニックを駆使しているわけではない。

こうして彼と向き合うと、十年の歳月が蜃気楼《しんきろう》みたいに消えていく錯覚を覚えた。

（……要くんだ）

心でその名を呼んだとき、全身がギュッとこわばるような心地がした。無意識のうちに眉間に力が入ってしまう。

速水《はやみ》環、三十一歳。職業は『アスティー製薬』の医薬情報担当者、通称ＭＲ。

営業成績は社内でもトップクラスで、年収は同世代の平均と比べてもかなりいいほう。実は社会人デビューだけれどメイクやファッションだってきちんとしているし、後輩から注がれる羨望《せんぼう》の眼差しはまるきりお世辞ってこともないはずだ。

そんなバリキャリ風の環にもひとつ大きなコンプレックスがある。それは……生まれてこのかた一度も男性と深い関係になったことがない、ようするに処女だということ。

他人から見ればちっぽけで平和な悩みかもしれない。世の中にはもっと深刻な問題を抱えている人が大勢いることも理解している。けれど、三十一年も生きてきて誰とも深く愛し合ったことがない、誰からも深く愛されたことがないという事実は……環には途方もなく重く感じられた。

多様性の時代になり、結婚がすべてじゃないと誰もが言う。実際、三十代の独身男女は都内なら珍しくもなんともない。

それでも、異性とまともに関係を築けない自分は未成熟な大人なんじゃないだろうか？　そんなふうに考えてたまらなく不安になる夜があるのだ。

これも親友の言葉ではあるが……。

『そういうのね、こじらせてるって言うのよ』

ネックレスの細いチェーン、あるいは痛みきった髪の毛。複雑に絡まったそれは、ほどこうとすればするほど余計に悪化してどうにもできなくなってしまう。

環のコンプレックスはちょうどそんな状態。ひたすら見ないふりをして、ないものとして時をやり過ごすよりほかにない。

(私が絡まり出した最初の引っかかりは……間違いなくアレだ)

その元凶が今、なんでもない顔をして自分の前に立っている。

(要高史郎。もう二度と会うことはない、ううん、会いたくないと思っていたのに)

一章　世間話のできない男

長いことスタメンを張っていたダウンコートとブーツの出番がめっきり減ってきた三月中旬。

アスティー製薬の本社は城下町として古くから栄えていた日本橋《にほんばし》の街にある。風景に埋没したレンガ色の本社ビルは内部も至って地味で、オシャレなカフェテリアなんて存在しない、昔ながらのオフィス空間が広がっている。

始業のベルが鳴ると同時に、部長がフロアの中央に歩み出た。

「それじゃ、朝礼を始めるぞ」

その台詞は代わり映えのしないものだったけれど、彼を見つめる環たちＭＲの顔はいつになく真剣だ。

理由はただひとつ、四月からの新しい担当エリアと病院がこの場で発表されるからだ。

そもそも製薬会社は、大きくふたつに分けることができる。薬局などで買える一般用医薬品をメインに扱う企業と、病院で取り扱う医療用医薬品を主力とする企業。

ここ、アスティー製薬は後者のほう。業界四位と大手ではあるものの、上にいるトップスリーが強大すぎてその一角に割って入るのはかなり難しい。そんな立ち位置にいる。

つまり自分たちの〝お客さま〟は一般の消費者ではなく病院になるわけなのだが、MRはほかのメーカーの営業職のように自ら商品を販売することはできない。

仕事はあくまでも情報の提供と収集。自社の薬の情報を正確に伝え、そして薬を使用した患者のデータを病院側からフィードバックしてもらう。

コミュニケーションそのものが任務なので、担当する病院やドクターとの相性は成績に直結する重要な問題だ。

ドクターのMRへの対応は本当に人それぞれで、アポなしで顔を出してもニコニコと話を聞いてくれる先生もいれば、面談はおろか電話やメールすら嫌がる先生も結構な数存在している。

それだけに、誰もが固唾《かたず》をのんで発表の瞬間を待っていた。

「続いて、来期の担当だが……」

部長のその声に場の緊張感がグッと高まる。

担当変更があった者もいれば、ない者もいる。MRに冷たいと評判の病院の担当が発表されたときには、小さく落胆の声が漏れ聞こえた。そしてついに――。

「次に三鷹《みたか》市エリア。緑邦大病院は今回も五名のチーム制で当たってもらう」

ドクターの数、売上に与える影響、ともに大きい大学病院はチームで臨む。これはアスティー製薬だけでなく同業他社でも採用されているやり方だ。

「チーフは速水くん、その下に――」

自分の名前を聞いた瞬間、環は身体の横にぴたりとつけていた右手で小さくガッツポーズを作った。

大学病院担当はMRにとって花形で、実力を認められた者しか担当できない。おまけにチーフは環にとって念願のポジションだった。

(今年一年、がんばってきた甲斐《かい》があった～)

今すぐに万歳三唱したいくらい、環の心は弾んだ。

部長が話し終えると、みなが慌ただしく自分の仕事に戻っていく。環も新旧の担当病院へのあいさつをどういうスケジュールで進めるか、頭を悩ませながら自身のデスクに向かう。その背中に部長が声をかけてくれた。

「速水くん。例の新薬、君なら必ず結果を出せると期待しているから。よろしく頼んだよ」

高揚する心を落ち着かせるため、環は意識して低めの声を出す。

「はい、お任せください」

環はさっそく、緑邦大担当のメンバーに声をかけてチーム始動の簡易ミーティングを開くことにした。空いていた打ち合わせスペースで、丸いテーブルを囲む。

「チーフを務めさせてもらう速水です。あらためて、よろしく」

すでに五人全員が顔見知り、自己紹介は不要なメンバーなのですぐに本題に入る。

「みんなもわかっていると思うけど、来期の営業の軸は例の新薬です。地域医療の中核である緑邦大病院に有用性を認めてもらえれば、ほかの病院での採用もどんどん増えると思うから」

「新薬の普及は僕たちの働きぶり次第ということですね」

一番若手の男性社員の言葉に、環は深くうなずく。

「そのとおりよ。みんなで力を合わせて新薬を患者に届けましょう！」

アスティー製薬が現在もっとも注力しているのが脳梗塞《のうこうそく》の急性期に有効な新しい治療薬『ロパネストラーゼ』だ。後遺症の軽減効果が期待できる。

（脳梗塞は深刻な後遺症に悩まされることも多い病気、新薬の普及で救われる人はたくさんいるはず！）

営業職である以上、成績をあげるのも大切。でも、この仕事はそれだけを追い求めてはダメだ。苦しんでいる人に必要な薬を届ける、その使命を決して忘れてはいけないと環は思っている。なぜならその矜持《きょうじ》こそが、苦しいとき、つらいときに自分を励ましてくれる力になるからだ。

製薬業界を取り巻く環境はここ十年ほどで大きく変化した。創薬分野でいえば、かつてはどこのメーカーも風邪や糖尿病など数が売れる薬のシェアをどう拡大していくかという点に重きを置いていた。だが現在は、癌《がん》や難病などのまだ治療法が確立されていない分野で高度かつ個別化された新薬をいかにして開発していくか……それが生き残りの鍵になっている。

さらに、環たちMRに求められるものも変わった。以前はやや過剰と思われる接待をしてでも医師に気に入られることが最重要だったが、今はそうではない。というより、そのやり方はもう通用しなくなった。

「最近は本当に面談してくれないドクターが増えてきましたよね」

ひとりのぼやきに全員が賛同する。

「それですよ。年配のドクターなんか『こっちも忙しいからねぇ、どうせ飲みにも連れていってもらえないし』と嫌みっぽくて。過剰接待が禁止されてずいぶん経《た》つのに、いまだ未練があるんでしょうか」

かつては医師へ誕生日プレゼントを贈ったり、夜の店で接待したりという行為はこの業界では当たり前だった。だが病院と製薬会社の癒着《ゆちゃく》や賄賂《わいろ》がたびたび問題になったこともあり、業界団体は過剰接待を禁じる厳しいルールを設定した。さらにインターネットの発達により、もはやＭＲを介さなくても医師たちは薬の最新情報を手に入れることができる。彼らからすればＭＲと親しくするメリットは薄れてきているのだろう。

「そうね。ネットで十分、ＭＲとの面会など不要とおっしゃる先生も多くなったわ」

環はそこで言葉を止め、不敵な笑みを浮かべてみせた。

「でも、今の状況は他社のライバルたちより一歩先を行くチャンスだと私は考えてる。ネットでは不十分な、ドクターたちが欲しがっている情報を的確に提供できれば信頼を得られる。優秀なブレーンとして認めてもらいましょう」

ペコペコと頭をさげて接待攻勢をしていた昔より、純粋な薬の知識量で差がつく今のやり方のほうがずっとやりがいがある。環はそう力説した。

「はい、速水チーフについていきます！」

環の熱意に頼もしい仲間たちが応えてくれる。

（メンバーにも恵まれたし、絶対に結果を出してみせる！）

「チーフなんてすごいですね、おめでとうございます」

自分のデスクに戻った環に、そんな言葉をかけてくれたのは斜め向かいの席に座る藤原彩芽《ふじわらあやめ》だ。年は二十六歳、派遣社員として社に来て三年目になる。一度も染めたことのなさそうな艶《つや》やかな黒髪を低めの位置でひとつ結びにしていて、ブラウスにはいつもピシッとアイロンがかけられていた。外見のイメージどおり仕事ぶりも実直で信頼できる。

彼女はこれまでも環と同じチームだったし、今回も緑邦大チームの事務サポートを担当してもらうことになっていた。

「ありがとう、彩芽ちゃん」

「それに、いつも綺麗でオシャレだし。憧れちゃいます」

仕事のほうはともかく、こちらの褒め言葉にはそこはかとない後ろめたさを感じてしまう。環の今日のファッションはネイビーのノーカラージャケットにブラウンのワイドパンツ。これみよがしではない、でもそれなりに上質な時計とジュエリー。働く女性に人気のアパレル店で、マネキンのコーディネートをそのまま購入した。

なので、オシャレなのは環ではなくあの店のスタッフだ。

　学生時代に勉強ばかりしていたせいか、ファッションセンスにはあまり自信がない。だから雑誌やマネキンをそっくりマネすることで、〝ほどよくこなれたバリキャリ女性〟を演出しているのだ。かかるお金は、時間と手間を節約するための必要経費と割りきっている。

　実態はこんなものなのでファッションを褒められるのはどうも居心地が悪い。環はさりげなく話題を変えた。

「彩芽ちゃんこそ。そのイヤリング、すごく素敵！」

　ひと粒ダイヤのイヤリングが彼女の耳元で上品に輝いている。彼女がアクセサリーをつけているのは珍しいので目を引かれた。

「えへへ、大奮発したお気に入りなんです。私も速水さんみたいなできる女になりたいなと思って。正社員という目標に向けて、願掛けのつもりです」

　彼女は胸の前で両のこぶしをグッと握った。優秀な派遣社員は正社員に登用される制度があるため、彼女もそれを目標にがんばっている。

「彩芽ちゃんの仕事ぶりなら、きっと大丈夫よ」

　それは嘘《うそ》偽りのない本音だった。彼女の堅実な仕事にはいつも助けられているから。

「あっ、でも速水さんは私みたいにアクセサリーを自分で買ったりしないか」

彩芽は恥ずかしそうにクスリとした。

「きっと素敵な恋人からのプレゼントですよね」

そうに違いないと信じきっている彩芽のキラキラした眼差しに、環は「うっ」とたじろぐ。

「いやいや、自分で買うこともあるよ～。普通にね！」

答える環の声は上すべりしている。所持しているアクセサリーはすべて自分で買ったものなのに、浅はかな見栄を張ってしまう自分が情けない。

（でも言えないよ。私の真実の姿はとても打ち明けられない）

仕事のできるオシャレな先輩で通っているのに、現在恋人がいないどころか実は恋愛経験皆無だなんて。

（未経験が悪いわけじゃない、私もそれはわかってる。でも……）

同世代の友人や同期が結婚・出産と新しいステージに進んでいくなかで、自分だけが取り残されてしまったような寂しさも拭えない。

今は仕事が楽しくて仕方ないし充実した毎日にとても満足している。恋人が欲しい、結婚したいと強く願っているわけではない。にもかかわらず、恋人や家族との関係に喜んだり悩んだりしている友人の姿を見ると妙な焦りを感じてしまう。

自分は本当にこのままでいいのだろうか？

そんな漠然とした不安に襲われるのだ。そして異性と深い関係を築けない自分にはなにか問題があるんだろうかと、ネガティブモードに突入しはじめる。

（このコンプレックスさえ解消できれば、もう一歩自信が持てる気がするんだけどなぁ）

「速水さん？　どうかしましたか」

彩芽に問いかけられ、環はハッとして首を横に振る。

「ううん、なんでもない。私、さっそく緑邦大病院にあいさつに行ってくるね」

ＰＣの電源をオフにして、環は席を立つ。そのとき――。

「じゃ、外回り行ってきます！」

環とぴったり同じタイミングで真後ろの席の男性社員、菊池武人《きくちたけと》も席を立った。

「ははっ、気が合うね」

「ほんとですね」

年齢はふたつ上だけれど、彼は中途入社なので社歴は環のほうが長い。

清潔感のあるさっぱりとした顔立ちに、今どきっぽい洗練された無造作ヘア。うっかりしたら派手になってしまいそうな細身のストライプスーツもよく似合っている。爽やかで仕事もできるので、女性社員からの人気も高い。

「あらためて、チーフ就任おめでとう」

「ありがとうございます、菊池さん」

「白状すると俺も狙ってたんだけどな、緑邦のチーフ。今期は社長賞も速水さんに取られちゃったし」

彼の顔に浮かぶ悔しさはきっと本音だろう。彼と環は成績を競うよきライバルだ。営業実績でトップに立った社員に贈られる社長賞、今年度は環がゲットしたが昨年度は彼だった。もちろん環は来年度も取りたいと思っているし、それは彼も同じのようだ。

「けど、来期は負けないから」

そう言って、彼はにこりと笑む。

「はい。手強いライバルの存在は刺激になります」

「俺たちはライバルだけど同志でもあるしね。患者にいい薬を届けるため、一緒にがんばろう」

見た目も爽やかなら、発言も爽やかだ。やり取りを聞いていた彩芽がポッと頬を染めている。

（あれ、もしかして彩芽ちゃんって……）

色恋に疎《うと》い環でも勘づくものがあった。が、経験値ゼロの自分の勘ほど当てにならないものもないだろう。社内のエースである武人にアイドル的な憧れを抱いている女子社員は多いし、彩芽もそのうちのひとりというだけかもしれない。

どちらにしても余計なお節介はすべきじゃない、そう確信して環は緑邦大病院に行くためにオフィスを出た。


国立緑邦大学附属病院。閑静な住宅地として人気の東京《とうきょう》都三鷹市に位置しており、この地域の医療の中核を担っている。入院患者にとって憩《いこ》いの場である広い中庭には桃の花がちらほらと咲きはじめていた。桜より濃いピンク色が目にも鮮やかだ。

環は足早にガラスの自動ドアを通り、院内へと入る。

（患者さん、いっぱいだな）

総合受付の前はなにか特別なことでもあったのかと思うほど混雑しているが、大学病院というところはこの状態が常だ。

複雑な症例、難しい手術を必要とする患者はみなここに集まるので、当然といえば当然かもしれない。現実問題として、大学病院の手術は何か月も先まで予約ができないなんて事態もザラにある。

環は受付を通り過ぎ、突き当たりを右に曲がる。こちらに、今日の目的地である脳神経外科の医局があるからだ。

（さて、新しい担当ドクターはどんな人かな？）

来月までの残り二週間を引継ぎ期間として、前任エリアと新規エリアへのあいさつを速やかに済ませなくてはならない。まずは、新薬の普及を考えるうえでもっとも重要な取引先となるこの緑邦大病院からだ。前任者からドクターのリストは受け取っているけれど、直接会って顔を覚えるほうがいいと考えて、教授と医局長の名前を確認した程度だ。

担当ドクターの人柄次第で環の仕事の難易度は大きく変わる。とくに今回の新薬は社の命運が懸かる重要なものだ。

まるで受験の結果発表に向かうような気持ちになる。

白い壁紙にリノリウムのグレーの床。国立の病院らしい殺風景な廊下を進んでいると、向かいからナースがふたりやってきた。すれ違いざまに会話が漏れ聞こえてくる。

「例の手術、成功したらしいですね」

「そうそう。要先生、手術に関してはやっぱり天才よ」

環から見て手前にいる、先輩と思われるナースが発したその名前に心臓がドキリとした。

「顔も天才級ですよね〜」

「まぁね、問題はあの癖の強〜い性格だけ」

「ほんと、それですよ！」

大学病院のナースは多忙なのだろう。他愛ない雑談をしつつも、動作はキビキビと素早い。楽しそうなふたりの笑い声はあっという間に遠ざかっていく。

彼女たちとは対照的に環の歩みはどこか緩慢になった。

（要……いや、ものすごく珍しいってわけでは……けど癖の強い性格……）

環の脳裏にとある人物が描き出される。

さらりと涼しげで端整な顔立ち。にこやかに笑っていれば、きっとテレビのなかのアイドルにも見劣りしない。でも、彼はいつも気難しそうに口を引き結んで、背中から「話しかけるな」とでも言いたげなオーラを発していた。

要高史郎。環にとって忘れたくても忘れられなかった人。

（いや、違うよね。ただ名字が同じ……ううん、要が下の名前の可能性もあるし）

癖の強いドクターをナースたちが下の名前で呼ぶだろうか？　ふと湧いたその疑問を強引に頭から追い払う。

（そもそも、ドクターって人種は癖が強いものよ）

こっちはそう強引でもない、実体験に基づいた分析だ。難関の医学部受験から始まり六年間の学生生活に医師国家試験。晴れて医師となっても勉強、勉強の日々。それを平然とこなせる人間はその時点で普通とは形容しがたい。よい意味でも悪い意味でも、医師は個性的な人が多いと思う。

（だから、あの要くんとは無関係よ）

自分にそう言い聞かせて環はひとりうなずいた。ちょうど、少し先に目的地である脳神経外科の医局が見えてくる。

環はそこで、自分がアスティー製薬の新しいMRで担当医にあいさつに来た旨を告げる。

「別人、別人……」

待たされている短い時間、魔除けの呪文とばかりにそうつぶやき続けたが、残念ながら効力は発揮されなかった。

環の前に姿を見せた新しいドクターは因縁の相手である要高史郎、その人だった。

高史郎が新薬の話ならばじっくり聞きたいと言ってくれたので、院内にある人の少ない休憩スペースで彼と向き合う。

「アスティー製薬の速水と申します」

環が差し出した名刺を受け取ると、彼はあいさつもそこそこにすぐに本題に入った。

高史郎とふたりきり、この状況は嫌でも苦い記憶を呼び起こす。

きっと生物としての本能なのだろう。環は身を硬くすることで古傷が訴えかけてくる鈍い痛みから身を守っていた。

「新薬のロパネストラーゼについて、確認しておきたい点がいくつか……」

彼からの質問は三つ。そのうちのふたつはタブレットですぐに情報を出して説明することができたけれど、もうひとつは社内に戻り開発チームの話も聞かないと答えられないものだった。

「最後の質問は社に戻ったらすぐに確認して、ご報告します」

「よろしく」

無愛想に言って、彼は環から視線を外す。薬について話している間は饒舌《じょうぜつ》だったが、場を繋ぐための雑談などをする気はないようだ。

（あいかわらずだな）

彼は昔からこうだった。愛想笑いと世間話が大嫌いで、顔はかっこいいのに偏屈なおじいちゃんみたい。なにを考えているのかさっぱり読めない。

（この反応は……私のことを忘れているってこと？）

高史郎は環を見ても、顔色ひとつ変えなかった。でも、彼が昔の知り合いに会ったくらいで目を丸くしたりオロオロしたりするとも思えない。

（彼の性格なら、覚えていたとしても無反応な気がする）

いったいどっちなのだ？　そして、自分はどういう態度をとるべきなのだろう。

自分ばかりヤキモキしている状況に環はかすかにイラ立った。

（読めない男なんて嫌いだわ。はっきりしてくれないと今後の仕事にも支障が……）

こちらの葛藤を知ってか知らずか、高史郎は平然と自身の腕時計に視線を落とす。

「ほかに用がなければ俺はこれで」

スッと立ちあがった彼に、思わず呼びかけた。

「要先生！」

温度の低そうな黒い瞳に射貫かれる。

（えっと、とっさに呼び止めちゃったけどなにを言えばいいのか……。いや、やっぱりはっきりさせておこう！）

新薬普及のために、彼は避けては通れない人物。仕事に影響が出そうなしこりはさっさと取り除いてしまいたい。

「あの、要くんだよね？　私、緑邦大の映画サークルで一緒だった速水環です」

ここはふたりが通っていた緑邦大学の附属病院だ。彼は医学部で、自分は薬学部。環は民間企業に就職したが、高史郎はそのまま系列であるこの病院に勤めたのだろう。

彼はいぶかしげに目を細めた。

「名前は今しがた聞いたばかりだが。なぜ二度言うんだ？」

「そういうことじゃなくて、覚えてますか？って意味で」

彼を前にすると世慣れた社会人の鎧《よろい》がはがれ、小娘だった頃の自分に戻ってしまいそうになる。環は余裕なく視線を惑わせた。

「覚えている。君は薬学部に在籍していて、一番好きな映画は『ディアサンシャイン』だったな」

かつての自分が彼に大好きだと話した映画、あのときの光景とともに当時の感情がぶわりと色鮮やかに蘇る。恋が始まる瞬間の胸の高鳴り、羽が生えたようにふわふわと浮かれる心、近づく距離と重なる唇。そして、それらが泡となって消えていく絶望。

彼は環にとって〝一線を越えそうで越えられなかった男〟だ。

覚えている、その答えに環が驚いていると思ったのだろうか。当時もよく見た覚えのある、苦い笑みを彼は浮かべた。

「記憶力はいいほうだ。でないと、この仕事はやっていられない」

白衣の襟元のシワを伸ばす彼の手元をじっと見つめて、環は詰めていた息を鼻から吐き出した。

(忘れてくれていたほうが都合はよかった。でも大丈夫、私たちはもういい大人だもの)

「それで？　俺たちが旧知であることが、この場でなにか問題になるか？」

嫌みな物言いだが彼自身はそういう意図で発しているわけではなさそうだ。ただ純粋に疑問に思い、口にしただけなのだろう。

「……万が一にも問題にならないよう、私たちは今日が初対面ということにしませんか？　学生時代のことは忘れていただけると」

彼がそうしてくれるなら自分もすべてを水に流し、高史郎を大切な営業相手のひとりとして扱う。その心づもりはできている。

しかし、彼は眉間のシワをより深くして首をひねった。

「互いに覚えているのに忘れたふりをする？　その茶番になんの意味がある？」

あいかわらずの朴念仁《ぼくねんじん》だ。気まずい過去をなかったことにしよう。至って単純な要望をなぜ汲《く》み取ってくれないのだろう。

環はグッと指先を握った。

（十年前の私を問い詰めたい。この面倒くさい男の、いったいどこにときめいたわけ？）

「はぁ」と彼がため息を落とす。正直、ため息をつきたいのはこっちのほうだ。

「まぁ、君がそうしろと言うのなら構わない。あいかわらず勝手で面倒な女だな、環は」

彼が呼ぶ自分の名に心臓がビクリと跳ねる。断じて、ときめきではない。もっと不穏なざわめきだ。

「初対面なのに名前で呼ばないでください、要先生」

仕事中にはまず出すことなどない、冷ややかな声を返してしまった。

新薬で成果をあげるために、最優先で攻略しなくてはならない緑邦大病院の脳神経外科医。その彼とのファーストコンタクトはなんとも言えない気まずいムードのまま終了した。白状すれば、彼と過ごす時間は自分にとって苦痛でしかない。それが仕事になるなんて最低最悪の状況だ。

（まずい。ＭＲになって以来の大ピンチかもしれない）

新薬を普及させること、自身に課せられたそのミッション……現時点では達成できる未来がまるで見えなかった。

◇　◇　◇

長丁場となったオペを終えた高史郎は手術着を脱ぎ、自身の肺に新鮮な空気を取り込んだ。

医師としてはまだ新米に毛が生えた程度だが、脳神経外科医なのでオペの数はそれなりにこなしている。それでも慣れるという感覚はまったくない。どんなオペでも気力と体力を激しく消耗する。もっとも自分のこの姿勢は医師として正しいという自負もある。簡単と言われるオペであっても、患者は命を懸けて臨んでいるのだ。その命を預かる者として、油断など許されるものではない。

院内の殺風景な廊下を早足で歩いていると、反対側からやってきた白髪の紳士に呼び止められた。脳神経外科の教授、つまりは高史郎の上司だ。

大学病院の教授というものは権威主義のいけ好かない人物が多いが彼は穏やかな

好々爺《こうこうや》で、研修医時代からなにかと世話になっている。高史郎は自分としては珍しいほど丁寧に頭をさげた。

「聞いたよ。例の手術、見事に成功して術後の経過も順調だってね」

例の手術とは一週間ほど前に高史郎が執刀したオペのことだ。世界的に見ても難しい症例で成功率は極めて低いと言われていた。本来ならばキャリアの浅い自分が執刀できるようなオペではなかったのだが、ほかでもないこの教授が自分を推薦してくれたのだ。

「ありがとうございます」

「さすがは〝緑邦が誇るゴッドハンド〟だ。君の活躍ぶりはほら！　あの漫画の主人公みたいじゃないか」

彼は有名な医療漫画の名をあげた。高史郎は漫画を嗜《たしな》まないが、その作品は祖父の愛読書だったので読んだことがある。無免許ながら腕は天才的という医師が主人公だった。

「……私は正式に医師免許を持っていますが？」

闇医者と一緒にされるのは心外だ。高史郎は眉をひそめるが、教授はそれ以上に渋い顔を返してくる。

「君は間違いなく天才だが、冗談が通じなさすぎるぞ。医師はサービス業でもあるからな。にこやかに患者とお喋《しゃべ》りするのも仕事のうちだ」

彼に会うといつも同じ説教をされる。もちろん、自分の将来のためを思っての忠告だと理解はしている。しかし……どうでもいいお喋りは、高史郎にとってはどんなオペよりも難易度が高い。

「努力はしているつもりです」

嘘ではない。成果がまったく出ていないだけで努力しようという気持ちはある。

「そうか、それはいい。ナースに愛想よくすることも大事だぞ。そっぽを向かれたら、我々は親と引き離された赤子のようになにもできなくなる」

激励するように高史郎の背中を叩《たた》いて、彼は去っていった。

(愛想よく、か。それが簡単にできるなら……)

オペ前に会った新しいMR、速水環の顔が脳裏に浮かぶ。硬い表情で高史郎から視線をそらした彼女。思えば十年前、最後に会ったときも彼女は同じような顔をしていた。

(あのときも、さっきも、彼女にあんな顔をさせることはなかったんだろうか)

驚くほど変わっていなかった。サラサラと流れる絹糸のような長い髪も、意志の強さがうかがえる瞳も、清潔で柔らかな香りも——。

かつて『環』と彼女の名を口にするたびに感じていた、全身の細胞が生まれ変わるような高揚感。あの新鮮な感覚は若さゆえかと思っていたがどうやら違ったようだ。

「——先生、要先生」

語気を強めて自分の名を呼ばれ、ハッと我に返る。高史郎よりずっと年上のベテランナースが怪訝《けげん》そうにこちらを見ていた。

「あぁ、すまない。ぼんやりしていて……」

素直に謝罪すると、彼女はもう一度「医局長が要先生を捜していらっしゃいましたよ」と用件を伝えてくれた。礼を言って医局に戻ろうとする高史郎に彼女が言う。

「珍しいですね、先生がぼんやりしているなんて」

返事を求めていたわけではないのだろう。彼女はそのまま踵《きびす》を返して入院病棟のほうへ歩いていった。

ベテランナースの言うとおり、白衣を着ている時間に意識が仕事外のところに向かうなど、高史郎にはまずないこと。

(自分で思う以上に動揺しているのかもしれないな。いきなり現れるとか、なんなんだ彼女は?)

もちろん彼女に非がないことは自明の理なのだが……。

狼狽《ろうばい》を隠そうと、高史郎は無意識に手で顔の下半分を覆った。

◇◇◇

青天の霹靂《へきれき》だった再会から二日が過ぎた日曜日。

お台場《だいば》の海を眺めることのできるラグジュアリーなバーベキュー場で、環はまだ少し冷たい春の風に吹かれていた。

「へぇ、製薬会社のＭＲさん。かっこいいですね！」

「ありがとうございます」

（はい、おかげさまで仕事は順風満帆です）

「綺麗でオシャレだし」

「いえいえ。そんなことは」

（社会人デビューなのは内緒ですが）

「包丁さばきも手慣れてますよね。自炊されるんですか？」

「まぁ、それなりに」

（仕事や家事はがんばったぶんだけ成長できた。でも恋愛は……努力だけじゃ手に入らない。私にはなにが足りないんだろう？）

親友とその夫が企画してくれた、自然な出会いを演出するバーベキューパーティー。オシャレなカフェに併設されていて、ゆったりとしたソファ席もいい感じだ。

季節は三月中旬。アウトドアを楽しむにはまだ肌寒いが、暖炉風のヒーターが用意されているので過ごしやすい。

野菜を食べやすい大きさに切り終えた環は包丁を置き、「ふぅ」と小さくため息をつく。

いつもはダウンスタイルにしているロングヘアを今日は低めの位置でお団子にしていた。洋服はくすみブルーのざっくりしたニットにデニムという大人カジュアルなスタイル。ショップスタッフに見立ててもらったので変ではないと思うけれど、着慣れないのでどうにも落ち着かない。

（そもそも綺麗めカジュアルって難しすぎない？　私にとって綺麗とカジュアルは相反するものなんだけど⁉）

環のワードローブは仕事用の服と全開カジュアルな部屋着のみ。オシャレなバーベキューに対応できる洋服は持っていなかったので、ニットもデニムも今日のために慌てて調達した新品だ。

「野菜の下ごしらえ、ありがとうございます。助かりました」

男性のひとりが丁寧に礼を言って、環の切った野菜を受け取る。

「いえ、ちょっと小さくしただけですから」

謙遜ではない。言葉どおり、焼くだけでＯＫな状態で用意されていたものをもう少し食べやすいようにカットしただけなのだ。

親友の夫も含め男性陣は三名。みな、紳士的でいい人たちだ。

（でも仮に仲良くなったとしても、恋愛経験ゼロと話したら絶対に引かれる。面倒な女認定されるに決まってるもの）

プライベートで異性を前にすると環の思考はいつも同じところに行き着く。

結局、卑屈なことばかり考えている間にこの素敵で楽しい、もしかしたら恋が生まれる可能性だってあった二時間半が過ぎ去っていった。

「だからね！　こじらせすぎなのよ、環は」

男性陣と別れて、反省会と称して女三人でやってきた居酒屋。オーバーサーティーともなると、昼も夜もお肉を食べる元気はないので『お刺身がおいしい』との口コミに惹《ひ》かれてこの店を選んだ。客層は中年男性がメインで写真映えする内装ではまったくないが、味は評判どおりにおいしい。脂のりのいいシメ鯖《さば》がとくに絶品だ。生ビールのジョッキを片手に渋い顔を向けてくるのは、今日のバーベキューを企画してくれた麻美《あさみ》。環とは大学時代からの親友だ。

自然なブラウンヘアは綺麗にセットされていて、ファッションはライトグレーのアンサンブルニット。優しげで上品な顔立ちが〝いいところの奥さま感〟をより高めている。実際に麻美の夫は一流商社マンなので、その印象は見かけだけではない。ただし癒《い》やし系の容貌に反して内面は意外とちゃっかり、いや、しっかり者だ。

「若い子に交じって合コンなんて絶対無理って環が言うから、旦那に頼んでいい感じのメンツを集めてもらったのに。また妙なコンプレックス発動させちゃって！」

世間話より先に進めず連絡先交換すらままならなかった環に、麻美の厳しい声が飛ぶ。

会社では姉御肌で通っている環も麻美の前だと不出来な妹キャラになってしまう。

「ご、ごめん。せっかくオシャレな会を開いてくれたのに」

といってもこちらから頼んだわけではない。あまりにも異性に縁遠い環を心配して麻美がお膳立てしてくれたのだ。合コンほど気合いのいらない、さりげない出会いを。

彼女の善意を無駄にした不甲斐なさは十分に感じている。

「まぁまぁ。お肉おいしかったし十分じゃない」

のんびりとした仲裁の言葉をかけるのは、もうひとりの親友である萌香《もか》。環と同じく独身で職業は薬剤師。三人のなかでは一番童顔で、黒い丸眼鏡をかけている。ファッションもかなりカジュアルなので、二十代半ばと言ってもまだまだ通りそうだ。

自分たちは大学時代、同じ薬学部に通っていた。薬学部は医学部同様に六年制なので一緒に過ごす時間も長く、もはや友人というより家族に近いような遠慮のない関係だ。

麻美は萌香にも鋭い眼差しを向ける。

「私は萌香にも怒ってるからね。三次元のいい男を前にして、なんでスマホに気を取られてるのよ」

「だって、推しの新ストーリーが今日配信だったんだもん。今の私には三次元の男よりずっと大事なの！」

萌香には長く付き合っていた恋人がいたものの同棲《どうせい》を始めた途端に破局。

『私、他人と暮らすの絶対無理な人間だったみたい』

そう悟ったらしく、以降は生涯独身を宣言していた。

今は幕末を舞台にした某アプリゲームに夢中で、持てる時間とお金のすべてを推しに注ぎ込んでいる。

今日も数合わせのために参加してくれただけで異性との出会いにはまったく興味がなかった様子だ。

「もったいないなぁ、萌香が一番男ウケのいい顔なのに」

「今の私には推ししか見えないから。温かく見守ってよ」

萌香は迷いなく言い切った。

仕事に生きる環、趣味が最優先の萌香、薬剤師資格はあるけれど専業主婦の麻美。それぞれ違う道を歩いていても、こうして集まってくだらないお喋りができる。最高の親友たちだ。

「でもさ、今さらだけど麻美は旦那さまを放ってこっちに来ちゃって本当によかったの？」

「いいの、いいの。うちは自立した夫婦関係だから。まだ子どももいないしね」

互いに束縛し合わないことを夫婦のルールにしているらしい。

「てことで、今夜は環の処女コンプレックスに徹底的に向き合うわよ」

「ちょっと、声が大きいから！」

環は慌てて身を乗り出して、威勢のいい麻美の口を塞《ふさ》ぐ。

根が深すぎる悩みを打ち明けているのは親友のふたりだけだ。

「今って男女ともに異性経験のない人が増加傾向なんだって。環以外にも普通にいるわけだから気にすることないよ」

「うん。そういうのってタイミングの問題も大きいし」

ふたりはそんなふうに環の気持ちを軽くしてくれようとする。

「私もそう思ってたけどさ、年齢があがればあがるほど焦りも出るし、人生で一度くらいは好きな人に愛されてみたいって願望を捨てきれなくて」

恋愛を恐れる気持ちと夢見る気持ち、その両方が大きく重くなりすぎて……身動きがとれなくなっているのかもしれない。

お酒が進むにつれて環の愚痴も止まらなくなる。話題は自然と再会したばかりの彼に向かう。ちなみにふたりは高史郎のことを直接は知らない。同じ大学とはいっても映画サークルに所属していたのは環だけだったから。

「どう考えてもあの男が諸悪の根源なのよ。なのに再会、それも担当ドクターになるなんて不運にもほどがあるわ」

環はわりと本気で思っているのだけれど、ふたりの視線はなんだか冷たい。

「十年も前の出来事に原因を求めるのはいいかげんやめなさいよ」

的確すぎる麻美のコメントにうまい反論は思いつかない。たしかに、高史郎との因縁はもうずいぶんと昔のこと。

(でも、あの一件がなければ……もっと男の子と上手に接することができていたように思うんだよね)

自分のコンプレックスの遠因は高史郎にある。

これは正当な原因と結果の分析。いや、やはりただの責任転嫁だろうか?

「でもさ、十年ぶりの再会って響きはちょっとロマンティックじゃない?」

のんびりした口調で萌香がつぶやいた。その言葉尻にかぶせるように環は噛《か》みつく。

「ない、全然そんなんじゃないから」

思い合っていたけれど泣く泣く別れてしまったふたりの再会なら、萌香の言うロマンティックな展開もありえるかもしれない。けれど、自分たちは違う。

「そうかなぁ」

そこで妙に冷静な声を挟むのは麻美。恋愛強者らしい、悟ったような目で環を見る。

「正直さ、私は環から彼の話を聞くたびに……あぁ忘れられない男なんだなって思ってたよ」

「え?」

「異性との出会いに積極的になれないのはコンプレックスのせいじゃなくて、ほかに心に思う相手がいるからなんじゃない？」

絶対に図星なんかじゃないのに、環はいやに焦って早口になる。

「忘れられないのは最低な記憶だからで、別に恋心では……」

「本当にそう？　ほら、前にも言ったことあったよね。一線を越えていない男ほど忘れられなかったりするのよ！って」

その麻美の言葉を今度は萌香が引き取った。

「あ〜、わからなくもないかも。男性側にもありそうな心理だよね」

賛同者を得て麻美は自分の説にますます強気になる。

「でしょ〜？　ねぇ、環」

おもしろいネタを見つけてキラキラと輝く麻美の瞳が環をつかまえる。

「思いきって一線、越えてみたら？」

「は？」

目を見開く環とは対照的に、彼女はにんまりと目を細める。

「だから、運命の再会を果たしたその彼と寝てみたら？ってこと」

「な、な、な」

突飛すぎる提案に環は絶句し、口をパクパクさせるばかり。

「不完全燃焼だからくすぶり続けるのよ。綺麗に灰になれば案外さらっと忘れられるかも。ついでにコンプレックスも解消できて一石二鳥」

「へ、変なこと言わないでよ。恋心は十年前にとっくに燃え尽きたから」

「ふぅん。そんなに焦ってかえって怪しいけどなぁ」

最寄駅から自宅マンションまでの徒歩十分の道のり。

日曜日の夜だからか辺りはひっそりと静まり返っていて、紫紺の空に浮かぶ月がこの場の主役と言わんばかりに大きい顔をしている。環はふと立ち止まり、目線をあげた。

(あの夜も満月だったな)

歩道橋の真ん中に立つ自分の隣には彼がいた。ふたりとも大学四年生、純粋でそのぶんだけ未熟だった気がする。

初めて繋いだ手のぬくもり、とびきりレアな彼の笑顔、近づく綺麗な唇に張り裂けそうになる心臓。麻美のおかしな発言のせいか、ひとコマひとコマがいやに鮮明な像を結ぶ。

思い出がここで終わっていれば、あのふたりの期待するロマンティックな再会になったのかもしれない。でも甘酸っぱい記憶には最悪の続きがある。

――初体験の失敗だ。

緊張と恐怖でガチガチになってなにひとつうまくいかなかった。その環の態度に彼は幻滅したのだろう。未遂に終わった夜のあと音信不通になり、あげく……。

〝不感症のつまらない女〟

自分はそんなふうに笑われていたようなのだ。あのときの痛みは今でもはっきりと思い出せる。失恋という爆弾は当時の環をいたく打ちのめし、いまだ消えない傷痕を残した。

(だって要くんは私が初めて〝好き〟だと思った人。胸がドキドキしすぎると苦しくなることを教えてくれた人だから……)

初恋に浮かれてのぼせきっていたからこそ絶望もまた深かった。そこから一歩も動けなくなってしまうほどに――。

二章 一線を越えられなかった女

大学四年の秋、ここは吉祥寺《きちじょうじ》にあるマイナー映画を上映してくれる貴重なミニシアター。出口に設置されたゴミ箱の前で環は意外な人物と遭遇した。

空になった紙コップを捨てる自分の手と、同じタイミングで同じ動作をしたその人の手がぶつかったのだ。

「あ」

ふたりの声がぴったりと重なる。

(要くんだ、びっくり)

声に出さず心にとどめたのには理由がある。笑顔であいさつをしてよいものか迷ったからだ。

要高史郎、環と同じ国立緑邦大学の四年生。彼は医学部で、自分は薬学部。学部が違うのになぜ顔見知りなのかといえば、同じサークルに所属しているためだ。

『緑邦大映画研究会』

そんな名前のサークルだが活動内容はまぁ緩いもの。きちんと映画制作などを行っているのは一部のメンバーだけで、大多数は飲み会や旅行を楽しむ程度。それでもサークル活動に参加しているだけ自分よりはマシだろう。

環は部室を利用させてもらうことを主目的とした名ばかり部員だ。大規模なサークルなのでこういう者が紛れていても注意を受けることはない。彼もおそらく自分と同類だ。

部室で医学書とにらめっこしている彼の姿はよく見かけるが、サークルの活動に参加したという話はほとんど聞かない。自分たちを少しだけ擁護させてもらうとするならば、医学部も薬学部も学生の本分である勉強が忙しすぎるという点があげられる。

なのでサークルメンバーのなかでは勝手に親近感を抱いていたのだが、以前に部室でふたりきりになったときに勇気を出して声をかけたら『無意味な世間話、興味ないから』とばっさり切り捨てられたことがある。

顔は若手俳優みたいに整ったイケメンだけど性格はなかなか癖ありだ。

(えっと……同じ映画を観てたってことだよね?)

一緒に鑑賞してくれる友人も感想を語り合う相手もまず見つからないマイナー映画。知り合いと遭遇するなんて環にとっては気分の高揚する出来事だ。とくに今夜の映画はすごく好みだったから、ほかの人の感想も可能なら聞いてみたい。

(でも要くんはきっとそうじゃないよね)

このテンションで声をかけたら、おそらく苦虫を噛みつぶしたような顔を返される。容易に想像できたので、環はひと呼吸置いて自分をクールダウンさせた。

とはいえ、ここまでしっかりと目が合ったのに無視するのもおかしいだろう。

「こんばんは」

「……どうも」

落ち着いていて艶のある素敵な声だ。顔立ちが整っている人は骨格が綺麗だから声もいい、と聞いたことがある。本当かな?と疑っていたけれど案外正しい説なのかもしれない。

あいさつだけで、彼はすぐに踵を返す。

次のシーンを環はそう想像したが意外にも彼はその場から動かない。

(あれ? 会話を続けてもいいのかな)

「要くんも映画好きなんだね」

映画サークルの人間同士なのにおかしな質問だなと、聞いてから思った。

環のほうは、勉強が忙しく映画制作に参加するほどの余裕はないが鑑賞するのは大好きだ。メジャー作品から今夜のようなマイナーなものまで、興味のおもむくままにそれなりの本数を観てきた。

「まぁわりと。この監督の作品はとくに好みだな」

環の後方に貼られている上映作品のポスターを一瞥《いちべつ》しながら彼が答える。

「本当に⁉ 私もね、前作から一気にファンになって！ でも今回の作品はそれを上回る完成度だったよね」

先ほど自分をいましめたのをすっかり忘れハイテンションな声をあげてしまう。高史郎が驚いたように目を瞬くのを見てハッと我に返る。

「あ、ごめん。この監督を好きな人、自分以外で初めて会ったから興奮しちゃって……」

次の瞬間、彼の目元が柔らかく細められた。笑顔というほどにこやかではないけれど、あまりにも綺麗で……息をするのも忘れて見つめてしまった。

「この作品が好きなら、あれは観た？」

彼が名前をあげたサスペンス映画は環のベストスリーのうちのひとつ。

「大好き！」

また一段、テンションがあがる。

世間話には興味がないと言った彼だけれど映画談義はその範疇《はんちゅう》ではないようだ。

いまだかつて見たことがないくらい、表情豊かに饒舌に語ってくれる。

駅までの短い道のりでは喋り足りなくて、自然な流れで駅前のファミレスに入った。夜も遅いので店内はガラガラだ。

「あの三部作だと俺は二作目が一番好きだったけど……速水さんはきっと三作目だろう？」

「うん。シリーズ完結の大団円って感じが大好き」

そう答えながら、高史郎が『速水さん』と自分を呼ぶときに居心地が悪そうにするのを環は感じ取っていた。

（医学部の名物教授……だよね）

緑邦大医学部には鬼と呼ばれる厳しい教授がいるのだが、その人も速水なのだ。

『うわぁ。速水さんかぁ』と、初対面の医学部生に嫌な顔をされるのはよくあること。

「ごめんね、速水先生と同じ名前だから呼びにくいよね」

「いや、君に非はないんだが……どうも速水教授の顔がちらつく」

「だよね。もしよかったら、環って下の名前のほうで呼んでもらっても……」

そう提案したものの、彼の「環ちゃん」も「環さん」も全然ピンとこなくて思わずふっと笑ってしまう。

(要くんはどう考えても「速水さん」だよね)

だが意外なことに、彼は「じゃあ、そうさせてもらう」と答えた。それも——。

「環」

やけに色っぽい低音に心臓がドクンと跳ねる。

呼び捨てにされる可能性は一パーセントも頭になかった。不意打ちすぎて、表情を取り繕うこともできず環は頬を赤くする。

(待って、男の子に名前を呼び捨てされたのなんて初めてかもしれない。え、え、これが初体験?)

奥手、おとなしいというタイプでもないけれど、中・高と女子校育ちで異性には免疫がない。教師に好かれてクラス委員なんかを任されてしまうほうだったから、華やかなグループの子たちのように放課後に男子校の生徒と待ち合わせというのも一度もしたことがなかった。大学も勉強に追われている間に気がつけばもう四年生だ。薬学部は六年制なのでまだしばらく女子大生ではいられるけれど。

「どうかしたか?」

まっすぐにこちらを見つめる彼、その瞳の美しさに環の鼓動は坂道を転がるように速度を増していく。

「環？」

高史郎がもう一度、自分の名を呼んだ。

（その呼び名は……恋人だけかと……）

異性に名前を呼び捨てされる、それはきっと恋人ができたとき。勝手にそう思い込んでいたので、この事態をどう受け止めていいのか戸惑ってしまう。

オロオロと視線を泳がせる自分とは対照的に、彼はなんでもない顔をしていた。

（そうだよね、私が意識しすぎているだけ。気にしない、気にしない）

けれど、そう思えば思うほどに心臓の音は大きくなっていく。

「去年公開されたあの作品なんだけどさ」

「う、うん」

高史郎の話に、平静を装ってうなずくのが精いっぱい。

（要くんといると、心がソワソワして落ち着かない。なのにどうして……こんなに楽しいんだろう）

ひとり三百八十円のドリンクバーだけで何時間もそこにいて、店長らしき男性にやや迷惑そうな顔をされる。それでも、もっともっと話がしたくて環は他愛ない話題を次から次へとひねり出した。

以来、学食やサークルの部室で顔を合わせれば会話をする仲になった。もっとも彼は興味のない話題にはまったく食いつかないので、話題は互いの勉強、映画、小説のうちのどれかだったけれど……。

「それじゃまたね、要くん」

「あぁ」

学内の情報が貼り出されている掲示板の前で環は彼と別れて教室へ向かう。その背中にドンと衝撃が加わった。振り返ると、にやけ顔の麻美がふざけて環の背中を抱き締めている。その隣にはもうひとりの親友である萌香の姿もあった。

「見たぞ～。誰、あのイケメン？　薬学部の男じゃないよね」

この顔は、どうやら激しく誤解されているようだ。

「医学部の要くん。同じサークルってだけで麻美が想像しているような関係ではありません」

同じ薬学部、勉強が忙しいという条件は同じはずなのに麻美の恋愛遍歴は華やかだ。いつも素敵な彼がいて途切れることはまったくない。

そのせいか妙に恋愛脳で、どんな話題もすぐに色恋を絡めたがるところがある。

「え～、環が男の子と話してるの珍しいから期待したのに」

「でも、本当にかっこいい人だね。飾り気はないのに、素材がいい！って感じ」

感心したように萌香が言う。

「今は違っても、これから恋に発展する可能性はあるよね？ ほら、人肌恋しい季節になってきたし」

今は十一月。たしかにここからクリスマス、バレンタインデーと恋人たちのイベントが目白押しだ。

「麻美にとっては、春夏秋冬いつだって恋の季節でしょ」

「まぁね。私のモットーは〝命短し、恋せよ乙女〟だから」

それでいて成績もキープしている要領のよさがちょっとだけ恨めしい。

「でもさ、時々はドキッとすることもあるでしょう？ あれだけのイケメンだもん」

教室に向かいながら麻美はしつこく問い詰めてくる。

「全然ない」

そう言い捨てたものの、嘘をついた罪悪感か胸がキュッとなった。

本当は……彼に『環』と呼ばれるたびに全身の血がぶわりと巡って鼓動が速くなる。

返事をする自分の声は、意識して調整しないと絶対に上擦ってしまう。

自分に起きるこの変調を〝恋〟と呼ぶのかどうかは、経験がなさすぎてわからないけれど――。

授業では使われない旧校舎、その二階の一番奥に映研の部室がある。授業の合間の半端に空いてしまった時間をつぶそうと、環はいつものようにそこへ向かっていた。

階段の途中で同じサークルの、自分よりずっと熱心に活動している女の子とすれ違う。

「あ、速水さん。もうすぐＯＢ総会なんだけど参加できそう？」

「そっか、もうそんな季節だね」

緩いサークルではあるけれど一応大学の公認団体なので二年に一度ＯＢ総会と呼ばれる集まりがあって、これだけは原則全員参加なのだ。普段サボってばかりの環もこの会ばかりは欠席しにくい。参加予定と返事をすると、彼女はホッと笑顔を見せた。

「ありがとう、助かる！　四年生はなにかと忙しいから参加率が悪くて困ってたの」

普通の学部生は就職準備で大変な時期だから、欠席せざるを得ないケースも多いのだろう。

（要くんはどうするんだろう？）

彼は医学部生なので就職を控えているわけではないが、なんとなく不参加っぽい気もする。彼のことを考えながら部室の扉を開けたら、当の本人がいたので焦ってしまう。

「あ、えっと、おつかれさま」

落書きだらけの木目のテーブル、すぐにお尻の痛くなるベンチタイプの椅子。窓際の一番奥にいた彼が分厚い医学書から顔をあげ、こちらを向く。

「おつかれ。座れば？」

笑顔と呼べるほど社交的ではないけれど、かつてよりはずっと柔らかい表情だ。

「うん」

彼の隣、でもひとりぶんのスペースを空けた場所に腰をおろす。

(このひとりぶんの隙間はきっと永遠に埋まらないだろうな)

そもそも自分が埋めたいと思っているのかもよくわからない。彼とのこの距離感は、今の環にとってはすごく居心地がよかったから。

「勉強、大変？」

「いや、この本はどっちかっていうと趣味」

勉強に使う医学書と趣味の医学書、いったいどう違うのだろう。興味があるけれど聞いたところで理解はできないかもしれない。

「要くんって何科を志望するとか、もう決めてる？　あ、そもそも臨床医希望？」

医学部生の進路は大きくふたつある。病院で患者の治療に当たる臨床医になるか、大学に残って研究を続けるかだ。絶対数でいえば圧倒的に前者が多いが、彼の性格だと後者の可能性もありそうだ。

「……まだ決めかねてる。そっちは？」

彼が環の進路を尋ねているのだと理解するのに時間がかかった。世間話の嫌いな彼が自分の将来に興味を持ってくれているらしいというのが少し嬉《うれ》しい。

「私もまだ悩んでる、かな？」

環の父は小児科医として小さなクリニックを経営していて、看護師の母はそれを手伝っている。そんなふたりを見て育ったから、自然と医療の世界に興味を持った。薬学部を選んだのは数ある医療職のなかで一番勉強が楽しいと思えたからだ。薬学部生の一般的な進路はもちろん薬剤師、病院の薬剤部や薬局で働く。

「私、真面目できっちりしているのだけが取り柄だから薬剤師という仕事は合ってると思うんだ……でもね」

「ん？」

この話を打ち明けていいものか、やや迷う。実は両親にも親友にも話したことがないから。

「呆《あき》れないで、聞いてくれる？」

「それは聞かないとわからない」

彼らしい返答に苦笑しつつ環は言う。

「私の一番好きな映画、『ディアサンシャイン』なんだけど観たことある？」

「あぁ、男女のコンビがベンチャー企業を成功させていくやつ？　会話劇がおもしろかったな」

「そう、それ！」

舞台はＩＴ関連事業が興隆しはじめた九〇年代の米国。相性最悪でいがみ合っていた男女がタッグを組んで、会社を大きくしていく物語だ。王道のサクセスストーリーにワクワクさせられるし、高史郎の言うとおり主役ふたりの何気ない会話が小洒落《こじゃれ》ていて楽しい。ベタだけどふたりの恋を匂わせるラストシーンも好みだった。

なにより主役の女性が本当にかっこいいのだ。

「パンツスーツでビシッと決めて、男性社会に媚《こ》びたりせずに自力で大きな仕事をつかみ取っていく。彼女にすごく憧れて……だから民間企業への就職も捨てきれなくて」

そこまで語ってから、ふと我に返る。

「いや、フィクションだってことはわかっているんだけどね。それに映画に憧れてなんて不純な動機じゃダメだってことも」

まだ学生とはいえ成人した女性の発言としては幼すぎたかもしれない。急に恥ずかしくなり環はうつむく。

(やっぱり呆れられたかな？)

「別に動機はなんだっていいんじゃないか」

想定外に優しい声が環の頭上に降ってくる。

「そうかな？ ……要くんはなにをきっかけにお医者さまを目指したの？」

立ち入ったことを聞いてしまっただろうか。環は自分の発言を後悔したけれど、彼は意外にもどこか楽しそうな口調で答えてくれた。

「安心してくれ。俺もそんなに高尚な動機じゃないから。医師は祖父の夢だったからだ」

「おじいさん？」

「あぁ」

その優しい表情から、高史郎にとって祖父が大切な存在であることが見て取れる。

高史郎の祖父は医師になりたかった。けれど家業を継がなくてはならない立場で、両親に言い出すこともできずにひっそりと夢を諦めてしまったそうだ。

「両親に話をしてみたらよかった、それが心残りだ。そんなふうに語ってくれたことがあって」

彼は照れたような顔で続ける。

「俺が医師になったら祖父が喜んでくれるかな？　そう思ったのが最初のきっかけ」

「なるほど。おじいさんの夢を継ぐことにしたのね」

高史郎の視線がふと環のもとで留まる。じっと見つめられるとなんだかソワソワしてしまう。彼は自分の顔が美しいことに無自覚だ。こういう仕草が思わせぶりになるなんて、思ってもいないのだろう。

「民間企業もいいんじゃないか？　化学メーカーとか製薬会社とか学んだことをいかせる企業はいくらでもあると思うし。……環には、祖父のように後悔してほしくない」

胸がキュンと切なく締めつけられた。

（やっぱり要くんの『環』は心臓に悪い）

けれど、羞恥《しゅうち》の裏側で嬉しいという感情もジワジワと広がっていく。

『後悔してほしくない』

他人に興味のない彼だからこそ、なんとなくの相づちではなく本心からの言葉だと信じられた。彼が自分のことを考えてくれる、それはすごく特別で意味のあることに思えた。

「ありがとう。しっかり考えてみる」

顔をほころばせた環に高史郎は優しく目を細める。

「あ、そうだ」

気恥ずかしさをごまかすために、環はやや強引に話題を変える。

「要くんは来月のOB総会、出席する？」

「あぁ……必須なんだっけ」

「可能なかぎりって要請だけど欠席の子もいると思うよ。とくに三、四年生は忙しいし」

「君はどうするんだ？」

「私は出席するよ。いつもあまり活動できていないから、せめてもの罪滅ぼし」

高史郎はしばし考えてから、ぽつりと言った。

「じゃあ俺も参加する」

その言葉に環は目を見開いた。

（い、今の『じゃあ』はどこにかかっているの？）

普段活動しない罪滅ぼしのところだろうか？ 彼は環以上に欠席が多いから文脈としておかしくはない。

（それとも……私が出席するという部分？）

その妄想が頭をよぎった瞬間、世界が甘やかな色に塗り替えられた気がした。ちっとも清潔ではない部室がパステルカラーに色づいて、目の前にいる高史郎がキラキラと輝いて見えた。

（あ、あれ？ どうしてこんなにドキドキしているんだろう）

十二月。クリスマスが近づくと、甘かったり切なかったりする恋愛ソングがあちこちで流れ出すのは毎年恒例のこと。

これまではメロディーラインをなんとなくなぞるだけで歌詞なんてうろ覚えだった曲も、今年はなぜか歌詞の意味をじっくり考えて深くうなずいたりしている。

（これってやっぱり、そういうこと？）

認めてしまって楽になりたいような、まだそうするのが怖いような……複雑な感情を環は持て余していた。

今日はＯＢ総会当日。大学内の小さなホールでちょっとした式典をして、その後は食事会。といっても現役学生と交流のあった年齢の近い卒業生しか参加しないし、場所も普通の居酒屋。実態は規模の大きい飲み会といったところだ。

男子はジャケット着用、女子はワンピースなどのややフォーマルな格好をしている点だけがいつもと異なる。環の装いは黒いベロア生地のワンピース。ファッションは苦手分野なので麻美に選ぶのを手伝ってもらった。

会話の中心になっているのは、文系学部の華やかな子たち。

「へぇ〜、映画を観るのは好きなんだ。俺はね、最近バンド始めてさぁ」

「へぇ、すごいね」

環は相づちを打つだけに終始している。

名前も思い出せない誰かの話に耳を傾けつつも瞳は無意識のうちに高史郎を捜す。

残念ながら彼の席は自分ともっとも遠い対角線上にあった。

（わ、要くんが女の子に囲まれてる）

知らぬ間に彼の周りに女の子が集まっている。あきらかに環とは異なるタイプの子たちだ。緩い巻き髪、ツヤツヤの唇、リボンやファーのついたかわいい洋服。世間が想像する女子大生そのものといった雰囲気の、キラキラしたオーラがまぶしい。

高史郎はたしかに美形だけど、無口で無愛想だからサークルの女の子たちには敬遠されているのかと思っていたが……チャンスがあればと考えていた子は想像以上に多いのかもしれない。

(堅物そうな要くんだって美人に言い寄られるのは悪い気しないよね)

環の胸にモヤモヤしたものが広がっていく。この不快な胸の重さはきっと嫉妬と呼ばれるものだろう。自覚してしまった恥ずかしさに身悶《みもだ》えている間に、一次会はお開きとなった。

まだ夜の八時。みんな当然のように二次会へ行く流れになっているけれど環は迷っていた。式典と一次会に参加したことで義理は果たしたといえるだろうし、このあとはパスしてもいいだろうか？

そう頼んでみようと幹事の姿を捜して店を出る。今日の居酒屋は雑居ビルの三階に入っていて、狭いエレベーターは混雑していたために環は階段を使うことにした。一歩おりたところで、背中に「速水ちゃん」と声がかかる。

今日熱心に話しかけてくれていた、バンドを始めたという同級生の男の子だ。

「あぁ、おつかれさま……え⁉」

環のところまでフラフラと歩いてきた彼が突然、その場にへたり込む。

「だ、大丈夫？ 飲みすぎ？」

自分と話をしていた時点では頬を赤らめていた程度だったが、そのあと彼はＯＢにつかまっていた。強いお酒でも飲まされたのかもしれない。

「お水、買ってこようか？」

「いやぁ、もう動けそうにないから……タクシー止めてくれると助かる」

薬剤師資格を取るつもりの人間として体調不良の人間を放っておくわけにはいかない。環は彼に肩を貸し、大通りまで一緒に出てタクシーを探す。手をあげたら、すぐに一台のタクシーが目の前まで来てくれた。

「じゃあ気をつけてね」

ひとりで自宅に帰るのだろうと思ってそう言うと、「え？」ととぼけた声が返ってきた。

「ひどくない？　俺、具合が悪いんだし家まで送ってよ」

彼が環の腕をグイッと強く引く。ずいぶんと力強く、歩けないほど具合が悪い人間とは思えなかった。環は警戒を強めて一歩あとずさる。

「ごめん。それはちょっと無理なので」

逃げるように踵を返そうとすると、彼の腕がおなかの辺りに回って強引にタクシーに連れ込まれそうになる。

「――やっ」

恐怖で身体がこわばった。彼がなにを考えているのか、それを思うと怖くなる。助けを求める声をあげたいのに、喉が詰まって音にならなかった。

（誰か、誰か！）

必死な心の声が届いたのだろうか。どこからか颯爽《さっそう》と現れた高史郎が「放せ」と怒気のにじむ声をあげ、彼の手を振りほどいた。

「か、要くん……」

彼はすぐにサッと環を自分の後ろにかばってくれる。大きな背中が頼もしくて、ホッと全身から力が抜けた。

「彼ひとりで結構ですので。出してください」

高史郎は彼を完全無視して、タクシーの運転手に告げる。

「おいっ、なんでお前なんかが」

不満そうに口をとがらせた彼に高史郎は凍りつくような眼差しを向ける。

「そんなに彼女と一緒がいいなら三人で交番に行くか？　好きなほうを選べ」

「な、うぅ」

「女性を強引にタクシーに連れ込むのは犯罪行為だろう」

高史郎は冗談を言う人間ではない。それが伝わったのだろう。

「その女がなぁ、俺に気がありそうだったから誘ってやったんだよ。勘違いすんなよ！」

反抗期の中学生みたいな捨て台詞を吐いて、彼はタクシーで帰っていった。

安堵《あんど》して胸を撫でおろす環に高史郎が一瞥を送ってよこす。

「……もしそうだったのなら、邪魔をしたか？」

その質問の意味が理解できず環の脳内に疑問符が浮かぶ。

「もしそうだったのなら……って、私が彼に気があるって話⁉　ない、それは絶対にないから」

なにせ、いまだに名前も思い出せないのだから。

「そうか」

言った彼の口元はほんのりと緩んでいるように見えた。

「そもそも、私が嫌がっているとわかったから助けてくれたんじゃないの？」

「そう見えたんだが色恋沙汰に関しては俺の目は節穴の可能性も高い。だいいち、君を助けたつもりもないし」

そっけない返事に環の乙女心がシュンとしぼんでいく。

（まぁ、要くんらしいといえばらしいけど）

「じゃあ、どうして？」

その問いかけに彼は目を見開いた。自分でも理由がわかっていないのかもしれない。しばしの沈黙のあとで、いつも以上にぶっきらぼうに彼は答える。

「……俺が嫌だった。それだけだ」

「え？」

彼は大きな手で口元を覆って下を向く。隠せていない目元の下辺りが少し赤いのは気のせいだろうか。

（もしかして照れてる？）

それを確信した瞬間に環の全身が熱くなった。胸の一番奥、鍵のかかっていた扉がふいに開いて温かなものがあふれ出す。

大通りの喧騒《けんそう》が遠くに聞こえて、世界が自分と彼のふたりだけになる。

（あぁ、好きだな。私、要くんに恋をしている）

自分の変調にどんな名前がつくのか、ようやく自覚できた。あふれ出した感情は驚くほどに色鮮やかなのに、言い表すことのできる言葉が見つからない。

「……ありがとう」

結局、環の唇が紡いだのはそのひと言だけ。高史郎が顔をあげ、こちらを見た。冬のキリリとした夜風が彼の長めの前髪を揺らし、その下にある瞳がのぞく。まだ照れの残る目元が、ゆっくりと優しい弧を描いた。

(——あ)

初めて見る彼の笑顔らしい笑顔。ひと足早い、とびきりのクリスマスプレゼントに環の心はどこまでも高揚する。浮かれ気分が表に出すぎないよう、注意して声のトーンを調整した。

「要くん、二次会は行かないの？」

「部室を利用させてもらっているぶんの義理は式典と一次会への出席で果たした」

高史郎も環とまったく同じ理屈でキャンセルを決めたようだ。

「でも、女の子たちに誘われたんじゃない？」

「あぁ。彼女たちは医学部の男に興味があるだけだから別に俺である必要はない。学内だけでも数百人は存在するんだし」

なんとも彼らしい回答にホッとすると同時に、恋人でもないのに探りを入れるようなマネをしてしまった自分を環は少し恥じた。

誰かの特別になりたいという感情は、想像よりずっと厄介なものなのだと思い知る。

「だけど……」

高史郎が心地よさそうに夜空を見あげた。

「いい夜だから、まっすぐ帰るのはもったいない気がするな」

「ほんとだね」

通りの両脇の街路樹が青くライトアップされていて、この季節らしいロマンティックな雰囲気だ。環はクリスマス当日よりも、近づくお祭りにみんながワクワクしている今の時期のほうが好きだった。

「映画でも観ないか？」

「よかったら、映画館に――」

同時に同じ提案をした自分たちに、ふたり揃《そろ》ってクスリと笑う。

ふらりと訪れた映画館でちょうどいい時間のレイトショーに入る。ありがちなアクションコメディで自分の好みからは外れていると思ったのに……やけに楽しくてずっと笑っていた。

「遅くなったから送る」

映画館を出ると高史郎がそんなふうに言ってくれた。

彼の実家は鎌倉《かまくら》で、通うにはちょっと遠いからひとり暮らしをしているそう。環も実家は静岡《しずおか》なのでひとり住まいだ。ふたりのアパートは同じ私鉄の沿線だった。終電に間に合う時間なので一緒に駅まで歩き出す。

「寒いね～」

吐き出した息が白く浮かぶ。

「なにか飲むか？」

行く先にある自販機を彼は視線で示した。

「うん、あったかいの買いたいな」

高史郎はホットの緑茶を買って、ズズッとまるで湯のみから飲むような仕草でペットボトルに口をつけた。

（ふふ、緑茶……似合う）

彼のほうに意識が向いていたせいだろうか。環はブラックの缶コーヒーを選ぶつもりだったのに間違って隣のボタンを押してしまった。

「あぁ！　お砂糖の入ったコーヒーは苦手なのに」

受け取り口に転がってきたのはミルクと砂糖のたっぷり入ったカフェオレ。

「そうなのか？」

「うん。甘いココアやミルクティーは好きだけど、コーヒーの甘いのはどうも苦手で」

とはいえ買い直すのももったいない。「仕方ないか」とつぶやいて環はカフェオレのプルタブを開ける。そこに高史郎の手が伸びてきた。

「え？」

「緑茶も苦手？」

環はふるふると首を横に振る。

「じゃ、交換」

「あ、ありがと！」

高史郎の緑茶が環に、環のカフェオレは彼の手に渡った。彼の形のよい唇が缶の飲み口に近づく。

「たしかに……甘いな」

環は自分のもとにやってきたペットボトルに目を落とし、ある事実に思い至り固まってしまう。

（これ、要くんが口をつけてたよね？）

意識しすぎだということはわかっている。自分は別に潔癖ではないから、大勢で鍋を囲むのも気にならないし麻美たちとスイーツをひと口交換するのもよくあること。

（でも相手が要くんだと……）

温かい飲みものが不要に感じられるほど顔が熱くほてった。

この時間が少しでも続いてほしくて、環の歩く速度はいつもよりずっと遅くなる。

彼もそれに合わせてくれているのが嬉しくて、話しかける声も無意識に弾む。

「そういえば、この間の話の続きなんだけどね」

「ん？」

唐突に切り出したので、高史郎はなんの話題かわからなかったのだろう。小首をかしげてこちらを向く。

「ほら、将来のこと」

「あぁ」

「ただの個人的な意見だけど」

そう前置きして環は続けた。

「私は……臨床医になった要くんを見てみたいな」

意外な言葉を聞いたという顔で彼は幾度か目を瞬いた。

「なぜ？」

「要くん、一見冷たそうに見えるけど本当はちゃんと優しいから。逆の人より、ずっと臨床医に向いてると思う」

バチッと目が合うと彼は慌てたように視線をそらした。動揺したときに手で口元を隠すのは彼の癖なのかもしれない。あさっての方向を見つめたまま、ぽつりとこぼす。

「……参考にさせてもらう」

照れる彼はやっぱりかわいい。

「うん!」

駅に行くためには大きな歩道橋をひとつ渡る必要がある。長い橋の真ん中に差しかかったところで高史郎がふと足を止めた。

「どうしたの?」

「いや、月が綺麗だなと思って」

彼は手すりに両肘を置いて顔を上に向ける。環もそっと隣に寄り添う。

高史郎の見つめる先には白銀に輝く満月があった。背筋がぞくりとする妖《あや》しげな美しさだ。

「月ってどうしてミステリアスなイメージがあるんだろうね? 同じ夜空に輝くものでも星はすごく健全な感じがするのに」

月を眺めていると、こちらの感情も秘密もすべてを見透かされているような不思議な気分になる。星を見ても、そうはならない。

高史郎は興味深そうにうなずいた。

「言われてみればそうだな。フィクションの世界でも人を惑わせるのはいつも月だ」

彼の顔がゆっくりとこちらに向けられ、互いの視線がぶつかる。

もしかしたら、自分たちも月に魔法をかけられたのかもしれない。

「帰りたくないな。この夜が終わってしまうのが惜しい」

いつもの環なら絶対に口に出せない台詞。返ってきた彼の答えもちっとも〝らしくない〟もので……。

「なら、帰らなくてもいいんじゃないか？」

伸びてきた彼の手が環の輪郭をなぞって顎にかかる。気がつけば美しい顔面がすぐそこまで迫ってきていた。いつも低温度な瞳が今はやけに熱っぽくて、「環」と呼ぶその声は切なく色っぽい。

（どうしよう。これ以上ドキドキしたら心臓がもたない）

だけど思ってしまった。今夜、心臓が壊れてもいいから……彼と一緒にいたいと。

「要くん。あの、私ね……」

続く言葉を彼のキスが塞ぐ。きっと冷たいと思っていたのに、高史郎の唇は環のそれよりはるかに温かい。

初めてのキスは想像していたよりずっと雄弁だ。言葉より多くのものが伝わってくる。

「――はぁ」

互いの吐息が交じり合って、冴《さ》えた夜空に溶けていく。


高史郎の部屋はいかにも男子学生のひとり暮らしといった雰囲気だった。小さなキッチンに六畳より少し広いリビング兼寝室。インテリアはグレーを基調にしたシンプルなもので、きちんと整理整頓されているところも彼らしい。

弟以外の男性の部屋に入るのは初めての経験だけど、今の環に彼の部屋をじっくり観察する余裕はなかった。

予想していたよりずっと性急に、高史郎が自分を抱き締めたからだ。

「あっ」

角度を変えながら熱い唇が幾度も触れる。決して乱暴ではなく、とても優しいキス。

そっと差し入れられた舌が環のそれをからめとって吸いあげる。

「ふぅ、んっ」

頭のなかがとろけて、膝から力が抜けていく。崩れ落ちそうになる環の腰を彼が抱き止めてくれる。

「平気？」

そう聞かれて小さくうなずいたものの……なにが平気でなにが平気じゃないのか、自分でもわからない。緊張と高揚でまともに物を考えることなどできなくなっている。

高史郎がそっと環の手を取る。指の隙間を自分より骨張った男性のそれがすべっていく。エスコートするように、繋いだ手を引いて彼は歩き出した。

向かう先はシングルサイズのベッド。ライトグレーのシーツのかかったマットの上に彼はゆっくりと環を組み敷く。凛《りん》として清潔な高史郎の香りに包まれて、環の心拍数はこれ以上ないというところまで上昇した。

ふたつの肉体がぴたりと重なると、彼のそれが自分よりずっと大きくて逞《たくま》しいことがはっきりとわかる。

男性の筋肉質な身体は熱くて重い。のみ込まれてしまいそうな圧を感じた。

（え？　私、本当にこのまま彼と――）

彼が好き、離れたくない。そう強く思ったからここに来た。それは嘘じゃないけれど恋愛経験のない環はキスの先はおぼろげにしか想像できていなくて……それが今、急にリアルになった。

環の首筋から鎖骨へと彼は優しく唇を這《は》わせ、大きな手でウエストのくびれをなぞる。

(ふ、服を脱ぐことになるんだよね? 今日の下着、変じゃなかったかな)

朝の時点ではこんな展開になるとは想像もしていなかったので、なんの準備もできていない。パニック状態なせいでどんな下着だったかいっこうに思い出せないし、最近ちょっと太ってしまったことも気になり出す。

自分の身体、彼に幻滅されてしまわないだろうか?

(そもそも私はどうすればいいんだろう。されるがまま……じゃダメだよね)

とはいっても具体的になにをすればいいのかよく知らない。初めては痛いとも聞くけれどそれはどの程度だろうか。失敗して失望される、そんなシーンばかりが頭をよぎって、焦りがさらなる焦りを呼ぶ。

自分に触れる高史郎の手はとても優しく、乱暴なところなどみじんもない。それでも、彼は環が思うよりずっとずっと……男だった。

生身の男性の欲望、未知の領域への恐れが全身を硬くこわばらせる。

(ま、待って)

そう訴えたいのに緊張でうまく声が出ない。

「環？」

異変に気がついた高史郎が心配そうに環の顔をのぞく。そんな彼を無意識のうちにドンと突き放してしまった。

「い、嫌っ！　無理!!」

言葉を選ぶ余裕がなかったにしてもひどい言葉だ。暴言を投げつけられた高史郎は困惑に瞳を揺らす。気まずい沈黙が落ちて、環は耐えきれずに視線をそらした。

ちょうどそのとき、勉強用と思われるデスクの上に無造作に置かれていた彼のスマホが鳴る。今の環には地獄に垂らされた救いの糸に思えた。

だが高史郎はその着信を無視すると決めたようで、デスクのほうを振り返ることすらしない。一度は止まった着信音が間を空けずに再度流れ出す。

「で、電話……取ったほうがいいよ。急用かもしれないし」

繋がらないとわかっても、すぐにかけ直してきたのだからその可能性は高いだろう。けれど、環は本心から電話の主を心配したわけではない。

時間が欲しかったのだ。心を落ち着かせて仕切り直すための猶予が。

その心情を高史郎も察してくれたのかもしれない。彼はスッと環から身体を離し、ベッドをおりる。

「すぐ済ませる」

背中で告げる彼の声が、いつもよりとがって聞こえるのは思いすごしだろうか？

「えぇ、そうです」

デスクの前、こちらには背を向けた状態で高史郎が電話に応答している。口調からして親しい相手ではなさそうだ。彼がなにやら話し込んでいる間に環の意識は自身の内側へと向かう。

（どうしよう、彼になんて言えばいい？）

あの電話が長引くことを祈りながら環は必死に思考を巡らせる。

（まずは暴言を謝罪して、もう一度……やり直すなんてできる？）

先ほど感じた不安と恐怖が蘇ってくる。再度挑戦したとしても自分は結局また彼を拒絶してしまう気がした。ならば素直に「ごめんなさい」をすべきだろうか。

（でも、要くんからしたら「なにを今さら」って感じだよね）

あなたが好き。だけどまだ、抱かれるのは怖い。環のなかでは矛盾なく両立しているふたつの感情を、彼にうまく伝えるのは途方もなく難しく思えた。

「……だから」

耳にボソボソと意味をなさない音が入ってくる。

「環っ、聞いてくれ」

強めに呼びかける彼の声で環はようやく現実に引き戻された。

「あ……」

いつの間にか彼は電話を終えていたようだ。ベッド脇に立つ高史郎は冷たく硬い表情をしている。

「悪いが帰ってくれないか」

(え?)

カエッテクレナイカ。

その言葉は切れ味鋭い刃となって環に襲いかかる。

質問の形をとってはいるが返事を待つ気はないようだ。高史郎はハンガーにかけられていた環の上着を取り、押しつけてきた。

「すぐそこの広い通りまで出れば、タクシーがつかまるから」

答えられない環を無視して彼は続ける。

「連絡する」

フォローの言葉というより、こちらに否を言わせないダメ押しだと感じられた。半ば追い出されるような形で環は彼の部屋を出る。

十二月の夜。冷えきった外気が頬を刺す。

さっき彼と一緒にいたときは、この冷たさが心地よく思えたのに……今は寒くて寒くて凍え死んでしまいそうな気分だ。

(ひどい言葉を投げつけたから？ それとも拒んだ時点でダメだった？)

彼のなかで自分は〝なし〟の判定になってしまったのだろうか。

「べ、別にそんな人ならこっちから……」

振り絞った強がりも最後まで紡ぐことができない。彼とうまくいく幸せな未来がこの手からすべり落ちてしまった。それがただただ寂しかった。

二週間後。学内の中庭のベンチに腰掛け、環は通学用の大きなトートバッグからスマホを取り出す。何度確認しても同じ。高史郎からのメッセージも着信も残ってはいない。

『連絡する』という彼の言葉だけが淡い希望だったけれど、そろそろ絶望に変わりつつあった。連絡がないだけならまだしも、こちらから送ったメッセージも未読のままなのだ。

（そりゃこっちもひどいことを言ったけど、でも謝罪のメッセージを読んでもくれないなんて……）

あの夜の自分の態度はそんなにもありえないものだったのだろうか？　異性と夜を過ごした経験のない環にはわからない。

（私がもっと上手に振る舞えていたら、今頃は恋人になれていたのかな？）

その後悔の念がますます環の表情を曇らせる。

「はぁ」

大きなため息をこぼした背中に「お、速水さん！」という陽気な声がかけられた。

振り返ると同じサークルの仲間がそこにいた。派手な雰囲気の男子メンバーふたりと女の子がひとり。先日の飲み会で自分をタクシーに連れ込もうとした彼がいなかったことに安堵したけれど、男の子たちの含みのある眼差しとにやけた口元が気にかかる。

「おつかれ～」

近づいてきた彼らがベンチに座る環の前に回り込む。なんだか嫌な感じだなと思ったが、顔には出さず「おつかれさまです」とだけ返事をする。

「聞いたよ～」

なんのことだ？と顔をあげた環の視界に、彼らの下品な笑みが飛び込んでくる。

「〝不感症〟なんだって？　治すの手伝ってあげようか？」

「お前、本気かよ～。俺は絶対無理。不感症の女なんて外れもいいとこじゃん」

ケラケラという不愉快な笑い声が耳にまとわりつく。少しの間を置いて、自分が嘲笑《ちょうしょう》されているのだと気がついた環はカッと頬を赤くする。

（な、に？　不感症って……私のこと？）

怒りと羞恥が胸中で渦を巻く。

「もう～、そういうのやめなよ！　速水さんは清純派なんだからかわいそうじゃん」

口を挟んだのは彼らと一緒にいた女の子、サークル内でも一番の美女と評判の優実《ゆみ》だった。同じ四年生だけどほとんど喋ったこともなかったので、彼女が自分の名前を知っていたことに環は驚く。

彼女はかばってくれているのか一緒に笑っているのか、どちらとも取れるような曖《あい》昧《まい》な笑みを浮かべている。

「なんだよ、優実。いい子ぶって」

「私はいい子だも～ん！　ほら、先に行っててよ」

優実と彼らは仲がいいようだ。なんやかんやと言い合いながらも楽しそうにしている。

彼らの背中を押して先に行かせてから、彼女は環の隣に座った。

「あの、ありがとう」

優実の内心はどうあれ、不愉快な状況から救ってもらったのは事実なので礼を言う。

「男って子どもよね。ああいう話、大好きなんだから。気にすることないと思うよ〜」

環からすれば子どもだからで許せるものではないし、気にするなと言われても無理だった。

（どこからあんな話が出たの？　あちこちで広まっていたらどうしよう）

男女のことに疎い自分でも〝不感症〟の言葉の意味くらいは知っている。環にそれを言える人物がいるとすれば、思い当たるのはひとりだけ。

「さっきの話って……もしかして要くんが？」

動揺のあまり、心の声が思わず言葉になってしまった。慌てて口をつぐんだけれど優実にはばっちり聞こえていたようだ。彼女は上向きカールの長い睫毛《まつげ》に縁どられた目をパチパチと瞬いてから、そのかわいい顔に哀れみの色をのせた。

「う〜ん、〝要くん〟はあそこまでひどい言い方はしてなかったけどね。ま、速水さんは真面目すぎてつまらなかったって意味に聞こえたかなぁ？」

それを聞いた瞬間、世界が真っ黒に染まった。

優実は高史郎をフォローしたつもりなのかもしれないが、環にとって今の言葉は疑惑を決定的にしただけのこと。どんな言い方だろうと自分のことをおもしろおかしく言いふらされたのだとしたらたまらない。

(本当に要くんが?)

そんな人とは思いたくない。だけど、不感症なんて悪口を吹聴したくなるほど彼は自分に幻滅したということなのかもしれない。たしかにあの夜の自分は石像のように固まっているだけで、女性らしい反応などひとつもできなかった。彼に『無理!』という ひどい言葉を投げつけもした。

(でも、だからといって……)

環の肩が小刻みに震える。

「大丈夫~?」

優実の瞳が嗜虐《しぎゃく》的な色を帯びる。なにが楽しいのだろう。クスッとかすかな笑みを漏らして、彼女は続けた。

「要くんはなんといっても医学部生だし! もっと華やかな子とも付き合えると思うんだよね。速水さんにはさ、きっとほかにお似合いの相手が見つかるよ」

「それは申し訳なかったと思ってる。だから話を――」

「もういいの。なにも話したくないから」

「環っ」

「放っておいて！」

まるきり喧嘩腰《けんかごし》の環に、高史郎は「はぁ」と深いため息を落とす。さらりと流れた前髪の隙間から失望したとでも言いたげな瞳がのぞいている。

「君がそういう面倒なタイプの女とは……想定外だな」

環の満面にカッと朱が走る。

「私だって！　要くんがこんなにひどい人とは思ってなかったよ」

互いに相手に傷つけられたという顔をして、謝罪の言葉はどちらの口からも出てこない。重苦しい沈黙だけがふたりの間に横たわる。たった今築かれた見えない壁はもう一生越えることなどできない気がした。

「さよなら」

そう言い捨てて、環はくるりと踵を返した。

それから月日は流れて四月。環は五年生に進級し、通う校舎もそれまでの武蔵野《むさしの》市から文京区《ぶんきょう》へと変更になった。

「え、映画サークルやめちゃったの？　それって例の気まずくなった彼のせい？」

心配そうに尋ねてくる麻美に環は笑って首を横に振る。

「ううん。もともと四年生までと思ってたの。ほら、いつまでも居座っていると後輩たちがやりづらいだろうし」

決して嘘ではない。もともと向こうの校舎に通っている間だけのつもりだった。けれど……自然な形でやめられてラッキーだったと思っているのも事実だ。

（優実ちゃんや要くんと会いたくないもの）

あんな恥ずかしい噂《うわさ》を流されてしまったサークルには二度と顔を出せない。

勉強に集中しよう。自分にそう言い聞かせてサークルのことも高史郎のことも忘れたふりをした。

医学部とは校舎が変わったので当然だけれど、これまでのように学内ですれ違うこともなく、高史郎から連絡がくることもなかった。

自分たちの縁は完全に切れてしまって、もう二度と結ばれることはないのだろう。

＊　＊　＊

やはり、美しい月には人を惑わせる作用があるらしい。

「我ながら十年も前のことをよく覚えているものだわ」

自嘲気味につぶやいて、環は月明かりに照らされる道を歩きはじめた。

失恋の生々しい傷はさすがにもう癒えているし今も高史郎を憎んでいるわけではない。けれど……心の深い場所に後遺症が残った。

恋をしたい、好きな人に愛されたい。そういう願望がないわけじゃないのに、また傷つくのが怖くて異性に対してひどく臆病になってしまった。

仕事だけは順調で、いつの間にか〝できる女〟キャラになったのも恋愛面ではマイナスに作用している。妙なプライドが生まれてしまって仕事中の自分を知る人には処女だなんてとても打ち明けられない。

（本当はわかっているんだよね。要くんのせいじゃなくて……根本の原因は自分だってこと）

コンプレックスを乗り越える勇気が持てない、一番の原因は自身のその弱さだ。

三章 今さらか、今度こそか

「思ったより副作用の吐き気が強い。それは多くの患者さんからのご意見ですか？」

「同じ意見が七名。いずれも高齢の女性だ」

今、環と高史郎が話題にしているのは例の新薬ではなく別の薬だ。すでに使用してもらっている薬にこういったフィードバックをもらい、開発チームに共有するのもMRの大事な仕事のひとつ。

「なるほど。ちょっと社に連絡してもいいですか？　ほかにも同じ意見があがっているか確認してきます」

環は席を外し、会社に電話をかける。十分ほど話をして高史郎のもとに戻ったけれど彼の姿が見当たらない。

（え、どういうこと？）

こちらはまだ話の途中という認識だったのだが……。もしかしたら容体が急変した患者でもいて呼び出されたのだろうか？

（いや、彼のことだから話は終わったと思って普通に医局に帰ったのかも）

どちらにせよMRは多忙なドクターに時間をいただいているという立場だ。途中退席されようが、アポをすっぽかされようが文句は言えない。半日待って、五分でも話ができれば大成功というのが自分たちの仕事なのだ。

「仕方ない、帰るか」

そうつぶやいて踵を返した環の目の前に、両手にマグカップを持った彼が立ちはだかる。

「あいさつもなしに帰ろうとするMRには……初めて会ったな」

思いきり眉根を寄せて、彼は冷たく吐き捨てる。

「こ、これはですね！　先生がどこにもいらっしゃらなかったので」

どちらかといえばあなたが原因では？という環の主張は平然と無視された。

「長くなりそうだからコーヒーを入れに行っただけだ」

そう言って、スタスタともといたテーブルに戻っていく。環はイラッとする気持ちを抑えて彼のあとに続いた。

先ほどと同じように向かい合うと、彼は持っていたカップの一方を無言で環の前に置く。

「あの、これは？」

「いちいち説明が必要か？」

面倒くさいと言わんばかりの顔を向けられる。つまりこれは環のぶんのコーヒーなのだろう。

「……いただきます」

ちょうど喉も渇いていたのでコーヒー自体はとてもありがたい。だが……。

（偏屈ぶりが昔より一段とパワーアップしてない⁉）

かつての彼は口下手だったけれど素直な一面もたしかにあった。好きな映画を語るときの表情などはキラキラしていたのに……。今の彼にその面影はまったく残っておらず、ひねくれたオーラをこれでもかと醸し出している。

（ここでの仕事、本当に気が重いわ）

環はこっそりため息をついた。

「で、社に確認した結果は？」

偉そうな台詞に促され、仕事の話題に戻る。

「はい。確認したところ、ほかの病院からも似たようなフィードバックがあがっていて開発チームのほうで改善策を検討するとのことでした」

「そうか。現状は吐き気を抑える薬を一緒に処方しているが、薬が増えるのを嫌がる患者は多いから副作用は少ないほうがありがたい」

高史郎は言いながら、白衣の胸ポケットからミルクポーションを取り出す。蓋を開けて自分のカップに注ぎ入れた。当然のように環にはひと言の確認もない。

（まぁ、らしいといえばらしいけどさ）

環の呆れた視線に気づいたのか、高史郎がチラリとこちらに目を向ける。

「なんだ、なにか言いたいことでも？」

「これはＭＲとしてではなく元同級生としてのアドバイスですけど……誰かとコーヒーを飲むときには、相手にも『ミルクとお砂糖どうしますか？』って尋ねるのをオススメします」

彼が重要な取引相手であることを忘れてついつい嫌みな口調になる。ささやかな反撃をしたことに満足していたら、今度は思わぬ方向からパンチを食らう。

「……俺たちはつい先日初めて会った。そういう設定じゃなかったのか？」

「あっ」

意地悪な指摘に環は右手で自分の口元を押さえた。

（そうだった。私ったら、なに学生時代のことを思い出したりしてるのよ）

あの頃の彼を一瞬でも思い出した自分が恨めしい。彼との過去はすべてなかったことにする、自分でそう決めたはずなのに。

「そもそも」

高史郎の声が一段低くなり、黒い瞳が射貫くような強さでこちらを向く。

「環はブラックだろう？ 知っていることをいちいち尋ねるのは時間の無駄だ」

「そ、そんなこと……どうして覚えて……」

心をギュッとつかまれた。その事実を否定したくて、環は軽く頭を振る。

（いやいや。気のせいよ、気のせい）

彼への恋心は十年前に燃え尽きてプラスの感情などなにひとつ残っていない。いやに必死になって自分にそう言い聞かせる。

（忘れられない男、なんかじゃないし！）

「なんだ、妙な顔をして」

ふいに顔をのぞき込まれ、環はますますたじろぐ。

魅入られてしまいそうに美しい瞳、ほのかな色気の漂う口元。あの頃から彼はとても整った顔立ちをしていたけれど、余裕と渋みが加わった今はさらに魅力を増している。よく聞く〝男は三十代から〟という説、彼にかぎっては間違いなく正しそうだ。

「妙な顔なんてしてません」

つっけんどんに返事をして、環は焦ったように視線を外す。

自分は決してイケメンに弱いわけじゃないのに、気のせいにはできないレベルに胸が騒ぐのはどうしてだろう？

（要先生といると調子が狂う。彼との面談は必要最低限にしよう）

そんなふうにMRらしからぬことを考えるのもすべて、彼にペースを乱されるせいだ。

いくつかの確認事項を話し終えると、環はそそくさとテーブルの上に置いた資料やタブレットを片づけはじめる。

「じゃあ私はそろそろ。コーヒー、ごちそうさまでした。片づけは――」

「あぁ、俺がやるから気にしなくていい」

ふたつの手が環のカップに同時に伸びる。指先がわずかにぶつかった瞬間、高史郎の顔が固まる。

「すまない」

短く告げて、彼はサッと手を引いた。行き場をなくしたその手を、彼は自分の口元に当てる。この仕草はかつてもよく見た覚えがあった。

（もしかして照れてる？）

ほんの少し手がぶつかっただけで動揺しているらしい彼の姿に環は思わず目を細めた。昔と変わらない不器用な一面を見つけることができて、なんだか安心したのかもしれない。

「じゃあ片づけはお願いしてもいいですか？」

先ほどよりいくらか表情を緩めてそう頼んだ。

「あぁ」

立ちあがる環に彼が声をかける。

「次に来るときにはロパネストラーゼの例のデータを持ってきてくれ。うちの教授も気にしていたから」

「はい。またご連絡させていただきますね」

環個人への感情はともかく、自分の仕事ぶりはある程度信用してもらえたようだ。ドクターのほうから次回の話を切り出してもらえるのはＭＲとして光栄なこと。

環はこのあと別の科にも顔を出す予定があったので、自然と途中まで高史郎と並んで歩くことになった。

「要先生、ちょっといいかい？」

脳神経外科の医局の手前で、高史郎が五十歳くらいと思われるドクターに声をかけられた。

「瀬田《せた》准教授、なにか？」

医師の世界は軍隊にも似た階級社会で、ヒエラルキーの頂点は教授。その下に准教授、講師、助教と続いている。なので瀬田と呼ばれた彼は、高史郎の上司に当たる人物だ。おなかはやや出ているけれど肥満というほどでもなく年齢相応のスタイルだ。ゴルフでもするのかよく日に焼けた浅黒い肌にこってりとした濃い顔立ち。大きな目がギラッとした光を放っている。

環も名前は認識していて何度かあいさつにうかがったが、彼は多忙なようで名刺を渡す機会はまだ得られていなかった。

近づいてきた瀬田が環の存在に気がつき、こちらにも視線を送ってよこす。品定めをするような、あまり感じのよろしくない目つきだ。

「見かけない顔だね」

「彼女はアスティー製薬のＭＲです。今年度からの新しい担当で」

高史郎が紹介してくれたことで環はようやく彼にあいさつする機会を得られた。

「速水環と申します。脳神経外科を担当させていただくことになりました」

「ふぅ～ん」

環の名刺を受け取った瀬田の眼差しはますます不躾《ぶしつけ》になっていく。歯に衣着せずに言ってしまえば、完全にセクハラ親父のそれだ。

「最近の女性ＭＲはどうも華がないよねぇ。もっと女性らしい服装でもしてくればいいのに」

今日の環のファッションは水色のボウタイブラウスにライトグレーのパンツスーツ。とくに地味でも派手でもなくＴＰＯに合っていると思うのだが、瀬田はお気に召さなかったらしい。もっとも、こちらとしては彼に服装を気に入ってもらう必要はまったくないわけだが。

女性ＭＲに夜の店のお姉さん的役割を期待する、時代遅れの化石のような男性ドクターはいまだに結構な数存在している。彼もそのタイプのようだ。

「君はそこそこ綺麗な顔をしてるんだし、きっとスカートのほうが似合うよ」

上から目線の中途半端な褒め言葉を口にしつつ、彼は環の太ももに手を伸ばしてきた。こういうドクターへの対処法はひとつ。毅然とした態度ではっきりと拒絶の意思を示すことだ。

華麗に瀬田の手をかわし、ＮＯと主張する……つもりだったのだけれどその必要はなかった。高史郎がスッとふたりの間に割り込み、その広い背中で環をかばってくれたから。

「服装とMRの能力には、なにか相関関係があるのでしょうか？」

喧嘩腰と受け取られかねない台詞だが、見るからに堅物でどこか浮世離れしたところのある高史郎が発すると純粋な質問のようにも聞こえる。

「不勉強な私には理解できないのでご教示願えますか」

高史郎の圧に瀬田がひるんでいる。その様子に環はこっそり口元を緩めた。

「じょ、冗談だよ、ちょっとしたジョーク。要先生はもっとユーモアを学んだほうがいいんじゃないか」

「申し訳ありません、自分はそういった方面には疎いので」

瀬田の相手をしながら、高史郎は後ろ手で「行け」と環に示した。

結局、彼に助けられる形で環は瀬田の魔の手から逃れた。

別の科のドクターとの面談も予定どおりに終え病院の自動ドアから外に出ると、心地のよい春風が環の長い髪をなびかせた。今日はいい天気で空は美しく澄み渡っている。

（さっきの、助けてくれたんだよね？）

そういえば学生のときも今日のように彼に助けられたことがあった。

(他人に興味ないって顔をしているわりには正義感が強くて、困ってる人を放っておけない。アンバランスな人だ)

――そういう彼が不感症なんて本当に言ったのだろうか?

聞いた直後はその話を信じてカッとなり、高史郎に怒りをぶつけた。

けれど時間が経つにつれ、彼のキャラクターとはあまりにもかけ離れているような気がして……『本当に?』と疑う気持ちが湧いてきていた。

その疑問を抱いたときに、どうにかして連絡を取って確かめるべきだったのかもしれない。でも環はそれをしなかった。

〝だって校舎が分かれちゃったし。電話やメールは……どうせ返事をもらえない〟

〝卒業してずいぶん経つ。彼はもう私の名前なんて忘れているはず〟

結局、高史郎にとって自分はもう過去の存在だと思い知るのが……怖かったのだ。

臆病な自分を〝今さら〟という言葉で正当化していただけ。

(そうやって逃げ続けて気がつけば十年か。本当に〝今さら〟になっちゃったな)

あの夜、彼を拒んだりしなければ。あのあと一度でも連絡を取っていれば。

どこかで違う選択肢を選んでいたら、まったく違う未来もあったのだろうか?

環はふっと自嘲して、心に浮かんだ未練を断ち切るように大きく一歩を踏み出した。

「速水チーフ。講演会当日の役割分担、確認をお願いできますか？」

チームのメンバーから渡された資料にサッと目を通し、環はうなずく。

「ありがとう、問題ないと思うわ」

製薬会社は研究、勉強を目的とした各種セミナーを定期的に開催する。最先端医療に関する勉強会、自社薬品の説明会、著名なドクターを招いての講演会など様々あるが、たいていは医師や薬剤師との情報交換や親睦を目的としていた。

今週の金曜日にも緑邦大病院の准教授に『脳梗塞の後遺症』をテーマに講演してもらう。そのあとは自由参加だがささやかな慰労会の場も設けてあった。

接待に厳しくなった昨今では、ＭＲがドクターに顔と名前を覚えてもらう貴重な機会にもなっている。

招くのが緑邦大病院の先生なので、今回の講演会の準備は環たちがメイン担当として動いている。

「今回講演してくれる瀬田准教授……僕、実はちょっと苦手なんですよね」

彼は声をひそめておどけたように肩をすくめた。

先日、環に不躾な眼差しを送ってよこした准教授の瀬田について今回の講演会に当たり社内の色々な人間から話を聞く機会があったのだが、とにかく評判が悪い。

『男にはパワハラ、女にはセクハラ。ドクターにもMRにも嫌われてるわね』

『自分が一番偉いと思ってる先生ですよ。機嫌を損ねないよう気をつけてくださいね』

あがってくるのはそんな噂ばかりで、いい話はひとつも耳に入ってこなかった。准教授にまで出世しているくらいなので、医師としての腕は確かなのだろうが……。

環自身も彼にいい感情は抱いていないが、緑邦大病院のチーフとしてそれを顔に出すわけにもいかない。

「脳神経外科の分野では立派な実績を残している先生よ。きっといい講演になるわ。ただ……もしなにかトラブルがあればそのときは遠慮なく相談して」

パワハラを受けたら報告してくれ、をオブラートに包んで彼に伝えた。

「ありがとうございます、そう言ってもらえると心強いです」

通常の業務にプラスして講演会の準備。でも忙しい毎日の充実感は嫌いじゃない。

カタカタとキーボードを叩いている環のもとに「ただ今、戻りました」というどこか沈んだ声が届く。席を外していた彩芽がフロアに帰ってきたようだ。

あきらかに元気がなくシュンとしている。

（なにかあったのかな？　そういえば今日は派遣会社との面談だと言っていたっけ？）

彩芽は派遣社員として環たち緑邦大病院チームの経理や事務作業をサポートしてくれている。なので日々の業務に関しては環が彼女の上司に当たるのだけれど、彩芽の所属はあくまでも派遣会社だ。数か月に一度は派遣会社のコーディネーターとの面談が設定されていた。

彼女の暗い顔がどうしても気になってしまい、環は席を立ち彩芽のもとに向かう。彼女もチームの一員、なにか悩みがあるなら話を聞くべきだろうと考えたからだ。

書類仕事を頼むついでにさりげなく水を向ける。

「元気がないように見えるけどなにかあった？」

彩芽はハッとして環を見つめる。その瞳にはすがるような色が浮かんでいた。

「私でよければ話くらいは聞くよ」

小さくうなずいてくれたので、環は空いている打ち合わせスペースに彼女を誘導した。彩芽がよく飲んでいる缶のミルクティーを渡しつつ自分も向かいに腰をおろす。

たっぷりの沈黙のあとで、彩芽がおずおずと切り出した。

「あの、三か月くらい前に隣の課に新しい派遣の方が入りましたよね？　すごく優秀そうな……」

「あぁ、あのハキハキした子ね」

課が違うのであまり言葉を交わす機会はないが元気いっぱいの快活な子だ。学生時代はテニス部だったという自己紹介を聞いて、ものすごく納得した覚えがある。

年齢は彩芽と同じくらい。でも性格は真逆の印象を受ける。

「彼女がどうかしたの？」

「それが、その……」

ためらいがちに紡がれた彼女の言葉を要約すると、彩芽のコーディネーターは新しい派遣の子に負けないようもっとがんばれといった趣旨のことを告げたらしい。

『ほかにいい子が入ってくるとね～。ほら、評価って相対的なものだから』

そんな言葉で発破をかけられたと彩芽は打ち明けてくれた。コーディネーターに悪気はなかったのかもしれないが、正社員を目指している彩芽はその言葉に不安と焦りを感じてしまったのだろう。

たしかに隣の課にきた彼女は『機転がきく』と評判もいい。でも――。

「彼女には彼女の、彩芽ちゃんには彩芽ちゃんのいいところがあるんだから比べる必要はないと思うな」

誰かと比較して自分の長所を消さないでほしい。そんな気持ちで環は彼女にほほ笑みかけた。

「少なくとも、私は彩芽ちゃんの丁寧な仕事ぶりに感謝しているよ」

「……そうですよね。忙しい速水さんに愚痴なんか言ってすみません。もっとちゃんと、がんばります」

言葉は前向きなものの彩芽の表情はあまり晴れない。むしろ思いつめたような危うさが伝わってくる。

(彩芽ちゃん、真面目すぎるところがあるから)

「あまり無理はしないでね」

多くを語ると余計に彼女を追い込んでしまう気がして、そのひと言だけにとどめた。

彼女の華奢《きゃしゃ》な背中を見送ってから環は細く息を吐く。

チーフになったからって、偉そうな物言いだっただろうか？

こんな短時間ではなくしっかり時間を取って話をすべきだった？

自分の言動に対する反省点ばかりが浮かんでくる。

(人を励ますって難しいな)

若手社員とは呼ばれなくなって数年、ようやく管理職である上司たちの苦悩も理解できるようになってきた。

（今度ランチにでも誘って、もう少しちゃんと話を聞いてみよう）

彩芽より遅れて席に戻ると、彼女のもとに環のライバル武人が来ていた。

「なるほどね～。ケースに入ったアートフラワーなんてものがあるのかぁ」

「臨月が近くて、おなかが大きいなら生花のお世話は大変かなって。あっ、もちろん人それぞれ好みがあるとは思うんですけど」

武人のチームでもうすぐ産休に入る女性がいて、彼女へのプレゼントが話題になっているようだ。なにを贈れば喜んでもらえるか武人が彩芽に意見を聞いている。

「ありがとう、すごく参考になったよ！」

会話を終えた武人は彩芽に満面の笑みを向ける。

「いえ……」

「藤原さんって細《こま》やかな気遣いができて、すごく女の子らしいよね」

「そ、そんなことは！」

「いやいや。藤原さんと結婚できる男は幸せだろうな～」

彩芽がポッと頬を染める。

褒められて嬉しそうにしている彩芽を見て、環も頬を緩めた。彼女がちょっとでも自信を取り戻してくれたのならなによりだ。

彩芽はデスクの引き出しからカードのようなものを取り出して、それを武人に手渡した。

「これ、アートフラワーを扱っている店のショップカードです。私も以前に利用したことがあって、素敵なお店だったので。もしよかったら」

「助かるよ！　さっそく連絡してみる」

「いえ、お役に立ててなによりです」

そんな会話を聞いた数分後。

会議に向かうため廊下に出た環は、ゴミ箱の前に立っている武人に目を留める。

彼は冷めきった目で、手のなかにあったパステルカラーのなにかをくしゃりと握りつぶした。

（え、あれって……）

確証はないけれど彩芽が渡したショップカードではないだろうか？

彼は環の存在には気がついていないのだろう。そのまま、なんのためらいも見せずに武人はそれをゴミ箱に放り捨てた。

彼が去ってからも、環はしばらくその場から動けなかった。

（もう連絡を終えて、不要になっただけかもしれないし）

そもそも彩芽のカードだという確証もない。だけど、たった今見てしまった武人の冷酷な表情はいつもの彼からは想像もつかないもので……知ってはいけない秘密をのぞいてしまったような、苦い思いが胸に広がった。

金曜日、講演会後の慰労パーティーは都内某ホテルのバンケットルームで開かれた。環はいつもより華やかなネイビーのツイードスーツに身を包み、ホスト役として会場内を慌ただしく動き回っている。

瀬田准教授による講演は非常に好評だった。

（人柄はともかく、今日の講演の内容は素晴らしかったものね）

ある意味で彼らしからぬ、一貫して患者に寄り添ったいい内容だった。新薬ロパネストラーゼへの期待も語ってくれ、アスティー製薬の上層部も満足そうにしている。

慰労会はごく一般的な立食形式のパーティー。昔のように豪華な土産などはつかないけれど、若手ドクターたちからは『このくらいが気楽でいい』と高評価だった。

（要先生は『なにもないのが一番いいな』とばっさりだったけど）

講演会の開始前にあいさつしたとき、パーティーの話題を振ったらそんな台詞が返ってきた。彼を思い出して環はふっと苦笑を漏らす。

そんな調子だったのでパーティーは不参加かと思いきや……。たくさんの人のなかにいても、背が高くて姿勢のいい彼はひと際目を引く。

彼は、緑邦大病院のお偉方——教授たちとなにやら談笑している様子だ。もっとも高史郎の表情はにこやかとは言いがたいものだけれど。

(それにしてもスーツが似合うなぁ)

彼と会うのはいつも病院。青いスクラブに白衣を羽織った姿ばかり見ているので、ドレスライクなブラックスーツという装いは新鮮に映る。深みのあるワインレッドのネクタイも色気があって素敵だった。

「速水チーフ！　ちょっとこっちいいですか？」

呼ばれて、環はハッと我に返る。仕事中に高史郎に見惚《みと》れていたという事実がたまらなく恥ずかしい。彼と再会してからというもの、速水環のキャラクターは崩れていく一方だ。

「はーい、今行きます」

気持ちを切り替えるように大きな声で答えて、環は呼ばれたほうに足を向けた。

ドクターたちはそれなりに食事やドリンクを楽しんでくれているようだったが、ホスト側の自分たちは忙しくて食事をする暇もない。

やっと少し余裕ができた隙にウーロン茶をグイッと飲み干して空腹を満たす。

（あぁ、おなか空いた。解散したらなにか食べて帰ろう）

せっかくのパーティー料理を堪能せず帰りがけにラーメン屋や定食屋に寄る。ＭＲにはあるあるネタのひとつだ。

「やぁ」

そんな声に顔をあげると、今日の主賓である瀬田がそこにいた。

「瀬田准教授、本日は素晴らしい講演をありがとうございました」

今日の講演には心から感謝しているので先日の不躾な眼差しは水に流して、環は彼に笑顔を向けた。

「ははっ、アスティーさんのロパネストラーゼには我々も期待しているんだよ」

「ありがとうございます。脳梗塞の患者さんの希望になる薬だと自負しておりますので」

「あぁ。うちが採用すればほかの病院でも一気に広まるだろうね」

医師の世界というのは想像以上の縦社会で、独立して開業医となった先生方も出身の医局との繋がりは大切にしている。国立大学の附属病院である緑邦大病院の影響力は非常に大きい。それはアスティー製薬としても重々承知、環たちの仕事ぶりがロパネストラーゼの命運を握っているといっても過言ではないのだ。

「つまりさ……」

ふいに瀬田が距離を詰めてきた。彼の手が環の肩に回る。

「私に気に入られることがどれだけ大事か……わかるだろう?」

ねっとりとした手つきで彼が肩をさする。眼差しは先日よりさらにセクハラじみていて口元はニヤニヤと緩んでいた。その顔を見れば彼がなにを求めているのか、よ～く理解できる。

(せっかく講演が素晴らしいと見直したのに)

この言動で環の彼への評価は地に落ちた。大人なのでここで怒ったり泣いたりするつもりはないが、不愉快であることは主張すべきだろう。

環が彼の手を振り払おうとした、そのとき――。

「瀬田准教授」

振り向かなくても、声の主が誰なのかわかってしまった。

「教授がお呼びですよ。ぜひ瀬田准教授の意見が聞きたいとのことで」

涼しい顔をした高史郎が瀬田にそう話しかける。

「なに、教授が私に⁉」

大学病院において上下関係は絶対的なもの。瀬田は顔色を変え、嬉々《きき》として駆けていった。

「ありがとうございます、助かりました」

「なんの礼だ？　俺は教授に頼まれて彼を捜していただけだよ」

（あれ、助けてくれたわけじゃなかったのか）

瀬田のセクハラ行為は高史郎には見えていなかったようだ。

「ええっと、こちらの話なのでお気になさらず」

とはいえ、教授と高史郎の行動に助けられたのは事実なので、礼を撤回することもしなかった。

「ふぅ」

高史郎は細く息を吐くと、グラスのドリンクを上品な仕草でひと口飲む。学生時代も思ったことだが彼は何気ない所作がとても綺麗だ。育ちのよさを感じさせる。

「パーティーは退屈ですか？」

「ん？」

「さっきからずっと、帰りたいって顔をしてますよ」

図星なのか、彼はかすかに眉根を寄せる。

「そんな顔はしていない。にこやかに過ごしているはずだ」

あれで？　そう思ってしまったことは内緒にしておくべきだろうか。

（どう見ても仏頂面だったけどなぁ）

笑いを押し殺す環に気がついたのだろう。高史郎がムッとしてこちらを見る。

「なんだ、なにが言いたい？」

「いいえ、なにも。楽しんでいただけているならなによりです。このホテルは料理がおいしいことで有名なので、たくさん召しあがってくださいね」

「あぁ、そうだな。飯はうまい」

中央の細長いテーブルの上にはパーティーにふさわしい華やかなオードブルが並んでいる。

「ローストビーフが評判なんですよ。もしよかったら――」

取ってきましょうか？　そう言いかけた環を遮って高史郎が言う。

「その前にひとつ聞きたいんだが……」

「え？」

「君はなぜ〝さっきからずっと〟俺を見ていたんだ？」

想定外のカウンターパンチを食らい、環は「うっ」と言葉に詰まる。どれだけ思考を巡らせてもうまい言い訳は思いつかない。

「み、見ていません」

「見ていなければ、俺がどんな顔をしているかなどわからないだろう」

「ぐぬぬ……」

思わず漫画みたいなうなり声をあげると彼はこらえきれないといった様子でクククッと笑い声をこぼした。

「わ、笑わないでください」

「先に人を笑ったのは君だ」

そのとおりなのでますます言い返せない。環はくるりと踵を返し、背中で告げる。

「ローストビーフ、取ってきます！」

人波をぬって中央のテーブルへと向かう。一歩前に進むごとに、自分の頬がどんどん熱を帯びていくことに気がついていた。

（やっぱりダメだ。要先生といると学生時代の私に戻っちゃう気がする）

今日は大事な仕事の席なのに、〃できる女〃のイメージが台無しになってしまいそうだ。

（あぁ、もう！）

白いお皿にローストビーフを数枚のせて上に和風ソースをかける。

「えぇ!? ですが要先生が……」

そんな声が聞こえて顔をあげると、細長いテーブルを挟んだ向こう側に瀬田がいた。その隣にいる白髪の紳士が脳神経外科の教授だ。彼がはて?と首をかしげる。

「要先生の勘違いじゃないかな。私は君を呼んでなどいないよ」

不要だと告げられてしまった瀬田はがっくりと肩を落としている。

(え? さっきの話は要先生の作り話なの?)

『俺は教授に頼まれて彼を捜していただけだよ』

高史郎がそんな嘘をつく理由、ひとつしかないだろう。

(私を助けるための嘘だったってこと?)

それならそうと言ってくれたらよかったのに。軽く口をとがらせつつも環の胸のなかにはじんわりと温かなものが広がった。セクハラで不愉快な思いをしたあとだから、なおのこと彼の優しさが染みる。

ローストビーフを渡すついでにあらためて礼を言おう。そう思って高史郎のところへ戻ったが、彼はまた別のお偉いさんにつかまっていて話しかけることができなかった。

手元の料理がもったいないので、遠慮して箸が進んでいない様子の若手ドクターたちにすすめることにする。

輪のなかに入っていくと、あちこちで交わされる雑談が聞こえてきた。

「今日の講演はよかったな。ここだけの話、瀬田准教授ってあんまり話がうまくないだろう？　冗長だし、すぐに自分の自慢話を挟むしさ」

「あぁ。今日のは原稿を丸投げしたって話だぞ。上司のサポートも仕事のうちだとかなんとか言って」

環のなかで、すでに底値だった瀬田の株がますます大暴落した。

(見直したと思ったのに別の人が考えてたのね)

瀬田の名前で出す論文ではないので別に問題にはならないのかもしれないが、ちょっと卑怯《ひきょう》じゃないだろうか。

「原稿は誰が書いたんだ？」

「要先生だってさ」

「道理で！　要先生、論文の評価も高いもんな〜。患者からは『怖い』って時々クレーム入るけど」

あははと笑いながら若手ドクターふたりはその場から離れていった。

（あの講演内容、考えたのは要先生だったんだ）

瀬田と反比例して彼の株価がぐんと上向いた。それは認めざるを得ない。

みなが賑《にぎ》やかにホテルを出てそれぞれ帰途につく。

環は高史郎の背中を捜して夜の街を見回した。

（もう帰っちゃったかな？）

招待客であるドクターとホストである環たちMR。当然、会場を出るのは自分たちがあとになるから高史郎はとっくにこの辺りから遠ざかっている可能性が高い。彼の性格から考えても、ダラダラと立ち話なんてしていないだろうし。

それでも未練がましく視線をさまよわせていたら目当ての横顔を見つけることができた。ペットボトルのお茶に口をつけながら雑踏をぼんやりと見つめている。

「要先生！」

会えた嬉しさからか、思っていたより大きな声が出てしまった。自分でも恥ずかしくなって小さく首をすくめる。彼が振り返り、驚いたように目をみはった。

「あぁ、君か」

「お、おつかれさまです」

淡い橙《だいだい》色の街灯に照らされた、彼の表情がほんの少し柔らかくなった。

「まだお帰りになっていなかったんですね。もしかして誰か待っているとか？」

周囲の様子をうかがいながら環は尋ねる。

「いや、そういうわけではないが。今、帰ろうとしていたところだ」

まるで言い訳するみたいに彼は早口になった。

（私を待っていてくれた……なんて、あるはずないか）

「要先生は電車ですか？　地下鉄？」

「そう、あっちだ」

彼が視線で示した行き先は環と同じだった。ふたり並んで歩きながら話をする。

「あの！」

「ん？」

「さっきは瀬田准教授から助けてくださってありがとうございました」

「同じことを言わせるな。別に俺は……」

高史郎が苦笑いでごまかそうとするのを環は強い眼差しで遮った。

「聞いたんです。教授は瀬田准教授を呼んでいなかったって。お礼くらい……言わせてくれてもいいじゃないですか」

そう訴えても彼はとことん頑固だ。

「……君を助けるためじゃなかった。俺は彼のああいう行為が気に食わない、それだけだ」

ボソッとつぶやいて、高史郎は左手で自分の口元を隠す。

（なるほど、この癖は照れたときだけじゃなく嘘をつくときにも出るわけね）

そんな発見に環の口元がふっと緩む。偏屈ぶりに磨きがかかってはいるけれど、高史郎の本質はあの頃となにも変わらない……まっすぐな思いやりを持っている人。

かつての自分は彼のそういうところに恋をした。ちっともスマートじゃない、不器用な優しさを見せられるたびに胸がキュンと甘く疼《うず》いて〝好き〟の気持ちが膨らんでいった。

（このギャップは反則だと思うの）

環は無意識に自分の心臓を押さえた。覚えのある胸の高鳴りに気づかないふりをするのは難しくて、焦ったように話を続ける。

「で、でも相手は准教授ですよ。心証を損ねたら要先生の立場が悪くなります」

いまいち納得はしかねるものの医師の出世は実力だけでは決まらない。上に気に入られることが、ある意味で民間企業以上に大事なのだ。

「俺は医局の出世争いには興味がない。そもそも臨床医をずっと続けるかも……わからないし」

寂しげに響くその声が、夜の街に溶けていく。

「続けない可能性があるんですか？」

環がたまらず尋ねると、彼の顔に苦い笑みが浮かぶ。

そういえば先ほど、若手のドクターたちが高史郎は患者からクレームをもらうことがあると言っていた。手術に関しては天才と謳《うた》われている彼にも悩みはあるのかもしれない。環の想像を補完するように高史郎がぽつりとこぼす。

「患者に寄り添う……というのが苦手だ。たとえば難病の告知をした際に患者や家族に泣かれても適切な言葉が出てこない」

高史郎は決して冷たい人間ではない。本当は両手にいっぱい抱えている優しさをうまく相手に渡せないだけなのだ。彼自身もその不器用さに葛藤しているのだろう。悔しさと寂しさの入り交じる表情からそれが伝わる。

「大学に戻って研究に専念する道を、真剣に考えてみるべきなのかもな」

環はグッと両のこぶしを握り締める。

「そんなの……私は嫌です」

幼い子どもの駄々のように感情がそのままあふれてしまった。

「昔、言ったじゃないですか。『臨床医になった要くんを見てみたいな』って」

久しぶりに彼を『要くん』と呼んだら、懐かしさと苦しさが同時に胸に込みあげた。

「実際にこの目で見ることができて嬉しかったのに、やめちゃうなんて言わないでください。要先生は絶対にいい臨床医だと思うから」

要くん、彼をそう呼んでいた頃と今は違う。現在の自分たちはただの医師とＭＲ、特別な関係どころか友人でもない。そんな立場でこんなことを言うのはおかしいと自分でも思うのに……彼の弱った顔を見たら放ってなどおけない。

感情的になっている環の姿に高史郎は困惑気味だ。

「君は患者ではないから医師としての俺の仕事ぶりは知らないだろう？　なにを根拠に、いい臨床医などと」

「さっきの瀬田准教授の講演、原稿を考えたのは要先生だと聞きました」

高史郎はややバツが悪そうな顔で環の視線から逃れようとする。

「あれは患者さんの心を深く理解していないと書けない内容だと思います。要先生はきちんと患者さんに寄り添えているはずなので安心してください」

環と薬の話をするときだって、彼は一度たりとも病院の利益を優先した考えを述べたことはない。主語はいつも『患者が』だった。

そういう自分の美点に彼がちっとも気がついていない様子なのが歯がゆくてたまらない。環はまるで自分のことのように、必死になって言葉を重ねた。

「気にすべき点はそこじゃないです！　もうちょっと表情を柔らかくして、あと自分の長所は遠慮せずアピールしてください。要先生、妙にかっこつけちゃって隠すから！」

「妙にかっこつけて……」

高史郎の声が沈む。環は慌てて「わ、悪口じゃないですよ」と弁解した。

「要先生のいいところ、患者さんにも知ってほしいなって。だから！」

環の熱弁に高史郎はふっと目を細める。そして……めったに見られない極上の笑みが浮かぶ。

「それ！　今の笑顔」

環は思わず叫ぶ。

「その顔を、患者さんにも見せてあげてください」

きっとみんなが高史郎のファンになる。そう断言できるほどに優しくて素敵な笑顔だった。

「俺は今、笑っていたか？　意識するとわからなくなるな」

真面目に笑顔の再現をこころみている彼がおかしくて、環の顔は自然とほころぶ。

懐かしい胸のざわめきはもう無視できないほど大きくなっていた。ドクンドクンと脈打つ自分の心音を聞きながら環は彼の隣を歩く。

しばらく進んでから、高史郎がためらいがちに口を開いた。

「俺も……君がＭＲになっていたことがわりと嬉しかった」

「え？」

「あの映画に出てくるかっこいい女性、ちゃんと夢を叶えたんだな」

（それも覚えていてくれたんだ）

彼が自分を〝かっこいい女性〟と認めてくれたことも嬉しくて目尻がさがる。

ふわふわと浮かれる心と弾む足取り。この変調はただかつての記憶が蘇っているだけなのか、それとも今の環から生じているものなのか、いったいどちらだろう？

（今さらだからとずっと逃げてきた。でも〝今〟がそのときかも！）

過去と向き合うことで未来がいい方向に変わっていく、そんな予感があった。

すれ違ってしまった過去、こじれてしまった思いをほどくことはできるだろうか？

（急に無視されたことも不感症発言も、やっぱり要先生らしくない気がする）

環はぴたりと足を止める。それに気づいた彼がこちらに首を振った。

「どうした？」

「要先生！　私、聞きたいことが……」

いざ勇気を出そうとするとそう簡単にはいかない。なにせ十年間も忘れられず熟成させてきてしまった問いかけなのだから。

息を詰めて、速まる鼓動を落ち着かせる。さぁ！というところでまさかの事態が起きた。

――グゥぅぅ。

環のおなかの虫が大きく鳴ったのだ。

（な、なんで今⁉）

脱力感と羞恥心で膝から崩れ落ちそうになる。ありえない間の悪さを呪いたくなった。高史郎は真顔のまま固まっている。

「わ、笑っていいですよ。むしろ笑ってもらえるほうがありがたいといいますか……」

赤く染まった頬を両手で押さえながら環は言ったけれど、彼は笑ったりしなかった。

「なにが食べたい？」

「へ？」

予想もしていなかった彼の反応に調子の外れた声が出た。高史郎は申し訳なさそうな顔で後頭部の髪をくしゃりと乱す。

「考えたら、俺たちがのんきに食べたり飲んだりしている間も環は忙しそうに動き回っていたもんな。腹が減るに決まってる」

「いや、それは主催者側として当然の仕事なので」

高史郎がすまなそうな顔をする必要はまったくないのに、彼は納得できないようだ。

「言わずとも君なら察してくれると思うが……俺は女性が好む店などひとつも知らない。リクエストをしてもらわないと困る」

「その台詞、そんなキリッとした顔で言うものじゃないと思いますよ」

(ていうか、なにか食べに行くことは確定なの？　ふ、ふたりで？)

帰りがけになにか食べて帰るつもりではあった。でも高史郎と一緒に……は想定外すぎる。

「――嫌か？」

まっすぐな彼の眼差しが環の本音を暴き出す。

(なんでだろう？　全然嫌じゃない)

「い、行きます。おなかが空いているので」

嬉しさがあふれすぎないよう、そう意識したせいで妙にツンツンした口調になってしまった。でも彼は「そうか」と優しげに口元をほころばせる。

彼とふたりきりで食事に行く、それもプライベートな時間に。

(ただの医師とMRよりは近しい関係だと思ってもいいのかな)

ついこの前まで、できるだけ接触しないようにと考えていたくせに、ころりと意見をひるがえしている自分の現金さに呆れてしまう。

でも、ドキドキと高鳴るこの心臓はとても正直だ。彼との時間が楽しみで仕方ないとうるさいくらいに主張してくる。

(とっくに賞味期限の切れた恋なのに……私、〝今度こそ〟を期待してる)

環がリクエストした店は、和、洋、中とバラエティ豊かな料理にデザートまでをカジュアルに楽しむことができる……ようするにファミレスだ。

入口前で高史郎が顔をしかめる。

「まぁたしかに、大学病院の勤務医は開業医のような派手な暮らしぶりはできない。けど、もう少しいい店に行ける程度の稼ぎはあるぞ?」

どうやら環が遠慮をしたと思われたらしい。

「そういう意図はないですよ。私はおなかが空いているけど、要先生はもう食事はいらないでしょう？　ちゃんとした店だと、ふたりぶん頼まないといけなくなるだろうから」

ファミレスなら高史郎はちょっとしたつまみとドリンクバーだけでも許されるし、ちょうどいいと考えたのだ。

「なるほど。環は短い時間にあれこれと配慮ができて……すごいな」

感心されるほどのことでもないのに高史郎は真剣に尊敬の眼差しを注いでくる。

（こういう天然っぽいところ、憎めなくてズルい）

環は苦笑して続けた。

「あと私、ここのファミレスわりと好きなんです」

彼は覚えているだろうか？　かつての自分たちがドリンクバーだけで何時間も映画談義を繰り広げたあの店がここと同じ看板を掲げていたことを。

あの日以来、環はファミレスならなんとなくこの店を選ぶようになっていた。

（いや、味が一番いいからって理由もあるし！）

誰に突っ込まれたわけでもないのに心のなかでそんな言い訳をしていたら、隣の彼がボソッとつぶやく。

「俺も。この店はわりと好きだ」

環は思わず目を見開く。

(す、好きな理由は?)

聞いてみたい気がしたけれど、多分、いや絶対に聞けない。


ハンバーグがのったロコモコ丼にふたりでシェアする用のサラダとシーフードのフリット、そしてドリンクバー。

環はハーブティーを、彼はアイスティーにたっぷりとガムシロップを入れてからストローに口をつける。彼を包む空気がふっと緩み、幾分か表情もリラックスして見えた。そのささいな変化がなんだか嬉しい。

「要先生って意外と甘党ですよね」

学生時代もわりと甘いものを好んでいた記憶がある。

「慣れないことをすると疲れる。疲れると糖分が欲しくなるんだ」

慣れないこととは慰労パーティーを指しているのだろう。環はクスクスと笑って
「ここ、パフェもおいしいですよ」とすすめたが、さすがにそこまではと断られてしまった。パフェと高史郎という似合わない組み合わせを見てみたかったのに。

最初は仕事の話をしていたけれど、だんだんと話題も砕けていく。

どちらかといえば彼が聞き役、けれど好きな話題になると急に口数が増えるのもあの頃と同じだった。

「さすがに学生の頃ほどは映画館に通えなくなりましたね〜。でも今でも結構観ているほうかな？とは思います」

映画は今でもよく観るのか？と聞かれて、環はそんなふうに答えた。

「ほら、私たちの世代は仕事に加えて結婚、出産、育児とかプライベートも忙しくなる時期でしょう？」

三十代前半はもっとも趣味に費やす時間が少なくなる、というようなデータをどこかで見た覚えがある。実際、結婚はまだしも出産した友人たちは育児だけで日々手いっぱいだと嘆いていた。

「そういうのにさっぱり縁がない私は、月に一度くらいは映画館に行けてしまうんですよ」

自虐を交えた笑い話として語ると、彼は考えるそぶりをしてから口を開く。

「結婚には興味がないのか？」

「興味はあっても残念ながら縁がないんです」

環が背を向けているわけではない、運命のほうがこちらにほほ笑みかけてくれないのだ。その実情を正しく説明する。

「社会人になって今年で八年目、仕事には多少の自信もついてきたけれど……恋愛や結婚は本当に難しくて全然わかりません」

「まぁたしかに。東京にかぎってもこれだけの男と女がいて、そのなかから自分にぴったりの相手をどうやって見分けるんだろうな？」

「ですよね！　既婚者はそれを成し遂げたというだけで私にとっては偉人です」

普段の環は妙な見栄を張って恋愛経験のなさを隠そうとしてしまうのだけれど……彼が相手だと自然体でいられた。高史郎自身がそういう見栄とは無縁の人間だからだろうか。

ありのままの自分でお喋りをする時間はすごく楽しい。自惚《うぬぼ》れかもしれないけど、彼もリラックスしているように見える。

「昔、こうしてファミレスでお喋りしたとき長居しすぎて店員さんに白い目で見られましたよね」

「あぁ、そうだったな。今思えば追加でデザートでも頼むべきだった」

「じゃあ今日はやっぱりパフェを頼みませんか？　ほら、この苺とホワイトチョコのやつとか季節限定みたいですよ」

テーブルの上に置かれた小さなメニューを手に取って環はそう提案する。

「わぁ、おいしそう！」

さすがはファミレス、商品の提供が早い。先ほど注文したばかりのふたつのパフェがすぐにテーブルに運ばれてくる。

高史郎の前に置かれたのは、ハートの形にカットされた苺がたっぷりのったパフェ。

（や、やっぱり似合わない）

クールを通り越して鉄仮面といっても差し支えない彼の無表情ぶりと、ラブリーなパフェの落差がおかしくてたまらない。自身の口元にこぶしを当てて噴き出しそうになるのをこらえるけれど肩はプルプルと震えた。

「失礼だな、君は」

口調は怒っているもののこちらを見る彼の瞳はどこか楽しげで、ふたりで意味もなくクスクスと笑い合った。

おなかを十分に満たしてから店を出る。人も車も少ない裏通りを選んだので、辺りは心地よい静寂に包まれていた。柔らかな夜風が環の頬を撫でていく。

「すっかり春ですね～」

「そう思っている間に夏になるけどな」

「あはは、たしかに。あっ、木蓮が咲いてますよ」

設計事務所かなにかだろうか。センスのいい、凝った造りの建物の脇に白木蓮の木が植えられていた。

「桜もいいけど、木蓮が運んでくる春の香りもいいですよね」

夜の闇に映える真っ白な花を見あげて環がほほ笑むと、彼もつられたように視線を上に向けた。

「白い花は凛としていて何物にも染まらない感じがいいな」

「要先生は白い色をそういうふうにとらえるんですね。一般的にはどんな色にも染まることができる……って言われませんか？」

環も世間と同様に白は素直さや無垢《むく》さを表す色だと思っていたから、高史郎の解釈を新鮮に感じた。

「あぁ、そういう考え方もあるのか。けど俺の目にはこの木蓮は気高くかっこよく映るな。変だろうか？」

環はブンブンと力強く首を横に振った。

「いいえ。すごく素敵な考え方だと思います」

高史郎の意見を聞いてからあらためて木蓮を眺めると、可憐《かれん》さの内側に強さを秘めているように思えてより一層美しく感じる。

チラリと隣に目を向ければ、高史郎は恋い焦がれるような甘い眼差しを風に揺れる花に注いでいた。その横顔の綺麗さに環は呼吸すら忘れてしまいそうになる。

「この花は……環みたいだな」

決して大きな声ではないのに、空気を涼やかに震わせて環の耳へとダイレクトに届いた。

「わ、私？」

「君も頑固で他人の色に染まることはなさそうだから」

「それは……褒めているのかけなしているのか、どちらでしょうか？」

「前者のつもりだ」

さらりと告げて高史郎はふっと優しく笑んだ。

どうしようもなく胸が高鳴って、鼓動はドクンドクンと打ちつけるたびに存在感を増していった。もはや自分の心臓の音しか聞こえない。

「それに」

ふいに彼が大きく一歩を踏み出して、環の髪に顔を近づける。

「匂いも似てる。柔らかくて、ほのかに甘い」

顔がボッと熱くなって、鏡で見るまでもなく自分の頬が真っ赤に染まっているであろうことがわかった。

（こ、これは不意打ちすぎる！）

コミュニケーションが苦手なくせに、いや、苦手だからこそなのだろうか。彼の人との距離感はやや独特だ。『環』とためらいもなく呼び捨てにしたときもそうだったし、今もそうだ。無自覚にこちらの胸をかき乱す。

（今さらだってわかってる。でも、聞きたい）

環は意を決して顔をあげた。

「か、要先生！」

至近距離で視線がぶつかって絡み合う。密度を増した空気がとろりと溶けて、ふたりを世界から遮断した。

「なに？」

静かな世界に、背筋がぞくりと震えるほどの色香をのせた声が響く。

――ルルル、ルルル。

環が喋り出そうとしたその瞬間、流れ出した無機質な電子音がふたりの世界を壊した。これまで聞こえていなかった周囲の色々な音がいっせいに耳に飛び込んでくる。少し先には人が歩いているし、近隣の店の客の気配もしっかり感じる。すぐ近くの表通りを走る車の音だってここまで届いていた。

「あ……」

「すまない。電話が」

彼はスーツの胸ポケットからスマホを取り出して一瞥する。困ったように眉をひそめて「病院だ」とつぶやいた。

「もちろん出てください。お気になさらず!」

(あの夜も……彼の電話が鳴ったのよね)

なんだか皮肉な暗示のようにも思えたが、医師が病院からの電話を無視するなどあってはならないこと。それは彼もわかっているのだろう。「悪い」と短く告げて、環に背を向けて話しはじめた。

「なるほど。いや、構わない。すぐに戻る」

漏れ聞こえてくるその台詞で、自分はまたチャンスを逃してしまったのだと環は悟る。高史郎には見つからないよう小さくため息を落とした。

（いや、でも要先生はドクターだもの。これぱかりは仕方ない）

すぐに気持ちを切り替えて、通話を終えてこちらを振り返った彼に声をかける。

「呼び出しですか？　表通りに出ればすぐにタクシーがつかまると思いますよ」

急を要するならきっと電車より早いはずだ。

「いや、指導を担当している研修医からだった。俺は彼に怖がられているから電話をかけてくるなんてよっぽどだと思う」

高史郎も短い電話だけで詳しいことはまだ聞けていないようだったが、研修医の彼になにか大きく落ち込む事件がありヘルプを求められているらしい。

「直接会って話を聞いてくる」

その言葉に環は無意識に口元を緩めた。彼はやっぱり優秀な臨床医だ、学生時代の自分の直感が大正解だったことが誇らしい。

「はい、いってらっしゃい」

笑顔で彼に手を振る。すると高史郎がその手首をガシッとつかんだ。

「表通りまでは一緒に行こう。君は意外と危なっかしいところがあるから」

「危なっかしいところなんてあります？」

自分としては、小学生から現在に至るまでずっとしっかり者ポジションにいると認識していた。

「学生時代のあの見るからに軽薄そうな男とか、瀬田准教授みたいなのに目をつけられやすいだろう？」

「それは私のせいではないかと！」

彼に手首を引かれたまま歩き出す。男女が手を繋いでいるというより親が子どもを誘導するようで、色っぽさは皆無だ。

（要先生に〝手を繋いでいる〟という意識はきっとないのよね。でも……）

環にとっては異性と手が触れ合う行為はやはり特別で、ドキドキが止まらない。

彼の手のひらから伝わる熱が、さびついて冷たくなっていた環の恋心を甘やかに溶かしていった。

四章　一線を越えた先に

「いや、それはもう間違いないでしょ」

「やっぱりそう……なのかな？」

氷が溶けてすっかり薄まったハイボールのグラスをもてあそびつつ、環はどこか煮えきらない返事をした。

いつもの女子会、今日の会場は安く酔えることで有名なとある横丁。数年前まではもっと女性らしいオシャレな店を選んでいた気がするのだけど、いつの間にか店のチョイスが会社の上司たちと同じセンスになってきていることに一抹の不安を覚える。

高史郎と再会してからの心の乱れ具合を親友たちに打ち明けたら単純明快な答えを示された。つまり、それは恋だと。

ひとりでウダウダ考えているときは『過去の記憶と感情に引きずられているだけなんじゃ？』と思ったりもしたけれど、こうやってきっぱり言葉にされるとそのとおりかもしれないという気分になってくる。

胸がドキドキとうるさく騒いだり、無意識に目で追ってしまったり、妙に必死になったり、そういう変化はすべて彼といるときにしか起きないものだ。

(私はまた要先生に恋をしている……ってこと?)

「とにかく、今さらなんかじゃないからね! ていうか男と女の間に今さらなんて単語は存在しません。きっかけさえあればいつでも燃えあがる、それが恋よ」

恋愛体質の麻美が文豪のような台詞を言い放てば、萌香もうんうんと同意する。

「昔の恋人と元サヤになるなんてよくあることだと思うよ~。うちの兄夫妻もそのパターンで結婚までいったしね」

厳密には昔の恋人ではない。でも環にとって高史郎は人生で一番距離が近づいた異性に違いなかった。

「がんばってみてもいいと思う?」

「うん、がんばってみなよ。この十年、誰にもときめかなかった環がときめいたんでしょう? それってすごいことだよ!」

萌香の優しい笑顔が環の背中を押してくれる。

(たしかにそうだよね)

恋愛下手さらには処女を卒業したいと、これまで合コンやパーティーにはそれなりに顔を出してきた。出会いの数は決して少なくなかったはず。それでも十年間、誰にも心を揺さぶられることはなかった。そんな自分がやっと恋愛感情の片鱗《へんりん》を取り戻せたのだ。この再会はきっと大事にすべきだろう。

「けどさ……」

言ったそばからまた臆病風に吹かれてしまう。

「いい感じかもって思っているのは私だけって可能性も！　彼がこの再会をどう思っているのかは全然わからないし」

忘れてはいけない。自分はかつての彼の態度にとても傷ついたが、同じように彼にひどい言葉を投げつけてもいる。

『い、嫌っ！　無理!!』

初体験未遂となったあの夜に自身が発した台詞が蘇る。

（今さらながら、どうしてもっと言葉を選べなかったんだろう）

再会してそれなりに和やかな空気で過ごせているのは環が新薬を営業するＭＲだからというだけで、それがなければ彼は自分の顔も見たくないのでは？

そんなネガティブすぎる妄想が頭をよぎって環はズンと肩を落とす。その肩を麻美がバシッと力強くはたいた。

「大丈夫よ！　男の考える〝脈あり〟はたいてい外れてるけど、女のそれはほぼ正解だから」

「え、そうなの？」

萌香の問いかけに、麻美は自信たっぷりにウインクをしてみせる。

「私の統計ではそうね。思わせぶりが得意な男もいるにはいるけど、環の彼はどう考えてもそういうタイプじゃないし絶対いける！」

麻美調べの統計……理系の人間としてはソースにツッコミを入れたくなるが、ふたりが自分を応援してくれる気持ちは十分に伝わってきてありがたかった。

「ありがとう。彼とちゃんと向き合ってみる」

「がんばれ〜！」

「環はあれこれ考えすぎるとダメなタイプよ。もうな〜んも気にせず一線越えてみるのがオススメ！」

麻美のあけすけなアドバイスに環はまた頭を抱えてしまう。

「うっ、一線……そこも大きな課題だった」

万が一、高史郎ともう一度うまくいったとしても自分はそのハードルにまたつまずきやしないだろうか。不安で表情がこわばる環に、麻美がらしくない優しい声をかけてくれる。

「そういうのも含めて、全部さらけ出してみればいいのよ。すべてが綺麗な恋なんてお伽話《とぎばなし》のなかにしか存在しない。現実の恋は人間同士がするんだから、傷つけたり傷つけられたりして普通なんだよ」

「傷つけたり、傷つけられたり？」

「うん。相手の弱さや醜さを知って、それでも愛おしいと思えたときに現実の恋はフィクションをこえるの！」

「おぉ、初めて麻美の恋愛論に感銘を受けたかも」

ちゃかす萌香に麻美は渋い顔を向ける。

「私の渾身《こんしん》の演説を聞いても、最近の萌香はフィクションの男にしか興味を示さないじゃない」

「彼らは私の世界ではちゃんと生きているんです〜」

いつもどおり話題は気ままに移り変わっていき、萌香の推しゲームのアニメ化が決まったというニュースに行き着く。ふたりの賑やかな会話に耳を傾けながら環はひとつの決意を固めた。

（今度こそ素直になってみよう）

麻美の言ったとおり環の敗因はすべてをさらけ出す勇気を持てなかった、これに尽きると思ったのだ。

あの夜、「身体の関係はまだ怖い。もう少しだけ待ってほしい」と素直に言えていれば違う未来があったかもしれない。

不感症の話だって高史郎が本当にそんなことを言ったのか、言ったのならその理由を聞くべきだった。話をすることで理解を深める。衝突し、許し合う。仕事では当然にしていることを恋愛でできないはずはない。

(少なくとも、同じ失敗は繰り返さない！)

環のそんな思いとともに、女三人の楽しい夜は更けていった。


緑邦大病院チームでの定例ミーティングを終えたあと、みんなで雑談しながらエレベーターに乗り込む。

「そういえば今月の菊池さんの成績すごいみたいですね！」

「あぁ。僕もその話、聞きました」

自他ともに認める環のライバル武人は、今年度からは私立大学の附属病院を担当している。緑邦大病院ほどの影響力はないものの最先端医療を中心にしている病院なので売上規模はとても大きい。

「そうなんだ、さすがは菊池さん」

　環は素直に彼を称賛した。担当変更の直後はドクターとの関係を築くだけで精いっぱいになってしまい、すぐに成績をあげることはなかなか難しいもの。それをさらりとやってのけるのはすごいことだ。

「僕らも負けずにがんばりましょう」

　メンバーのそんな意気込みに、環は「もちろん」とこぶしを握る。そのタイミングでエレベーターが自分たちのフロアに到着して、話は一度途切れた。

　だから自分が遠ざかってからの彼らの会話を環は知らない。

「でも、菊池さんのチームメンバーがちょっと心配してたのよね」

「なにをですか？」

「……過剰接待。危ういラインの営業をかけているらしいの」

　ランチは手早く済ませて午後から病院回りというのがいつもの行動パターンだけれど、今日は午後に来客があるため一日中デスクワークの予定だった。

（たまには外でゆっくりランチでもしようかな？）

　チームの誰かを誘おうとして、そういえばと思いついて彩芽に声をかけた。彼女はこころよくOKしてくれて、ふたりで会社近くのカフェに入った。ここは野菜を中心にしたヘルシー料理がウリで女性に人気がある。

注文した温野菜サラダとグリルサーモンのワンプレートランチが届けられてから、環は切り出す。

「この前はあまりゆっくり話せなかったけど、悩んでた件はその後どうかな？」

ちょうど二週間ほど前。彩芽は派遣元のコーディネーターから正社員を目指すならもっとがんばれというような話をされて、それに悩んでいる様子だった。このところは元気そうにしていたのでもう心配はいらないかもしれないが、気にかかっていたのだ。

「あぁ、大丈夫です。もう解決したので」

彼女はさらりとそう返した。もしかしたら正社員の件が正式に決まったのだろうか。派遣社員の人事の決定権は課長以上にあるのでチーフの環はなにも知らない。

声をひそめて尋ねてみると、彼女は苦々しい笑みを浮かべた。

「いえ、ほかに優秀な子がいたらそっちが優先になるかもって話でした。あのコーディネーター、約束を守る気なんて最初からなかったんだと思います」

彩芽の瞳に暗い影が差す。

「私みたいにいくらでも代わりがきく人材は……しょせん使い捨てなんですよね」

「本当に大丈夫？」

環は心配になったが、彩芽はなにか吹っ切ったような顔でにこりとした。

「はい、仕事はもうどうでもいいんです」

「あ、彩芽ちゃん？」

彼女の変化に環は驚く。自分の知る彩芽は真面目で、たとえ冗談でも仕事を『どうでもいい』なんて言う子ではなかった。

彼女の耳元でキラリと光るゴールドカラーの大ぶりなイヤリングに環は目を留める。

（前にお気に入りだと言ってたひと粒ダイヤのイヤリング、そういえば最近はつけていないんだな）

あらためて思えば、このところの彼女はメイクやファッションもずいぶん華やかにイメージチェンジしていた。今日も以前の彼女なら着ることはなさそうだったビビッドカラーのスプリングニットに身を包んでいる。胸元が結構大胆に開いていて色っぽい。

（もしかして恋人でもできたのかな？）

環の想像に答えをくれるかのように彼女は言う。

「私を大事にしてくれる人が見つかったので。恋人がいて幸せだと、仕事の悩みなんて気にならないんですよ」

彼女の笑みは自信に満ちあふれていた。今は仕事より恋に夢中といったところのようだ。

環個人としては、正社員を目指してあんなにがんばっていたのだから……という思いもあるけれど口出しする立場でもなければ権利もない。そっと口を閉ざしてほほ笑み返す。

「そっか、元気になったのならよかった。素敵な恋人もいいね！」

「うふふ、ありがとうございます」

ちょうど運ばれてきた食後の紅茶とプチデザートに手を伸ばそうとしたとき、ふいに彩芽が小首をかしげて尋ねてきた。

「そういえば速水さんの恋人ってどんな人なんですか？」

「あっ、え〜とね」

これまでの環だったら断言はせずに曖昧にごまかしていた場面だ。でも見栄を張らず自分をさらけ出す勇気を持とうと決めたから、正直に打ち明ける。

「恋人はいないんだ。白状すると、これまで一度もできたことがなくて」

環の告白に彩芽は目を丸くした。やはり意外だと思われているらしい。

「あっ、でも好きな人は……最近できたんだけどね」

脳裏にポンと高史郎の仏頂面が浮かぶ。それだけで照れてしまって頬が熱くなる。

やけに喉が渇いて環は紅茶のカップに手を伸ばした。

「へぇ、恋人がいたこと……ないんですね」

「うん、そうなのよ」

ゴクンと温かい紅茶を喉に流し込んでから彩芽のほうに視線を向ける。その瞬間、
彼女の勝ち誇ったような笑みを環は見てしまった。

（ん？）

「素敵な男性に愛されるのってやっぱり幸せですよ。仕事の成功なんかよりずっと……」

その言動にやはり違和感を覚える。どこかマウントがにじむような、以前の彼女なら絶対にしない表情をしていたから。

（いや、これは私の受け取り方がひねくれているだけかな？）

恋人ができてキラキラしている彼女に無意識の嫉妬をして、妙な邪推をしてしまったのかもしれない。そう思い直す。

それにたとえマウントだったとしても、人間なのだからそういう感情が湧くこと

だってあるだろう。いちいち目くじらを立てることではないはずだ。

「応援してるので、がんばってくださいね！」

「うん、ありがとう！」

環は考えをあらためて、彼女の応援を素直に受け取る。


それから半月ほどが過ぎた。恋がうまくいくと仕事もうまくいく。そういうケースもあるだろうし彩芽がそうなるといいなと環は思っていたけれど……彼女の仕事への熱意は目に見えて薄れていき、近頃やたらと遅刻が増えた。部長から『速水くん、さすがに注意しておいてよ』と念押しされたこともあり、環は打ち合わせスペースの一角に彼女を呼び出した。

「彩芽ちゃん。今日の遅刻で今週もう二度目よね？　もし体調に不安があるとかなら正直に教えてくれるかな？」

頭ごなしに叱りつけないよう、注意して穏やかな声を出す。

「すみません」

彩芽はしおらしく頭をさげるものの遅刻が増えた理由については語らない。

「今日の遅刻はどうして？　電車の遅延は発生していなかったと思うし、私的な理由？」
　問い詰めるようなマネはしたくなかったけれど仕方ない。
「朝……彼にクリーニング店に行ってきてほしいと頼まれて、それで」
「彼って付き合っている恋人のこと？」
「はい。彼は忙しいので私が代わりに」
　その彼に対する不信感で環の眉間のシワが深くなる。
（忙しいっていっても自分の用事よね？　彩芽ちゃんだって働いているのに）
　モヤッとしたものが胸に広がる。正直、あまりいい男とは思えない気がした。
「結婚を前提としたお付き合いで、彼はすぐにでも話を進めたいと言ってくれていま
す。だから奥さんの仕事も任せたいって」
　だけど恋人について語る彩芽の瞳はキラキラと輝いていて、とても幸せそうだ。
（恋愛に口出しするのは余計なお世話すぎるよね）
　自戒して、環はチーフとして伝えるべきことだけに焦点を絞る。
「それはおめでとう！　でも仕事には影響が出ないよう気をつけてね。勤務状況に関
することは当然、派遣会社さんのほうにも報告がいくから」
　彩芽自身も困ることになる、そこは理解してほしい。そんなふうに話を締めた。口

調も言葉も特別厳しくしたつもりはないが、彩芽は拗《す》ねた子どものようにうつむいてしまった。

「彩芽ちゃん?」

「仕事はもういいって言ったじゃないですか!」

キッと、思いがけず激しい瞳を向けられて環はわずかにひるむ。

「どうせ私は派遣ですから。がんばったって評価されないし、社員にもしてもらえません」

「そんなことないよ。正社員登用の例は過去にいくつもあるし、彩芽ちゃんのコーディネーターさんも無理だと言ったわけじゃないんでしょう? がんばればきっと!」

口出しすべきじゃない。そう考えていたはずなのに、つい意見してしまった。

(でも、これまで彩芽ちゃんが積みあげてきたものを本当に手放してしまっていいのかな? 諦めたことをいつか後悔しない?)

「あなたになにがわかるんですか? 正社員でチーフっていう立派な肩書きのある速水さんにだけは……言われたくありません」

彩芽の冷ややかな声に環はハッとする。

彼女の細い肩が小刻みに震えていた。今の言葉のなかに彩芽の苦しかった胸のうちが凝縮されていたように思う。環が想像するよりずっと彼女は悩んでいたのだろう。

（もっと早く、ちゃんと話を聞いてあげるべきだった）

仮にもこの職場において自分は彼女の上司なのに。

今さら気がついてももう遅い、自分の失敗はいつもこれだ。苦いものが胸に広がる。

「私の彼、すごくエリートなんですよ。自分が稼ぐから私には専業主婦になってほしいって。オシャレしてニコニコ笑って、家庭を守ってくれれば十分だからと言ってくれるんです」

まるで自分を納得させるみたいに、彼女は続ける。

「速水さんみたくガツガツ仕事するより、女として幸せだと思いませんか？」

彩芽はガタンと席を立ち、吐き捨てた。

「私にはこの会社より彼のほうが大事ですから」

環は遠ざかっていく彼女の背を見つめる。なにひとつ言葉が出てこなかった。苦悩のすえに出した彼女の結論を間違っているなんてとても言えない。そもそも、なんの助力もできなかった自分になにかを言う権利があるとも思えなかった。

翌日の午後、環は緑邦大病院で高史郎と面会した。

「ロパネストラーゼの導入について正式に検討を始めたよ」

それはチームの全員がずっと待ち望んでいた嬉しい一歩だった。そのわりには自分の気持ちがあまり弾まないことを感じながら環は彼に感謝を述べる。

「……ありがとうございます」

「別に君の会社のためではないがな。あの薬は患者の助けになると考えている。ついては——」

正式導入に向けて必要な準備を高史郎が語り、環はうなずきながらメモを取った。必要な話を終えると、環は席を立ちぺこりと頭をさげた。

「新薬をご検討いただき本当にありがとうございます。導入のサポートはもちろん、結果の検証まで責任を持ってしっかりと対応させていただきますので」

「あぁ、信頼しているからよろしく頼む」

信頼、ドクターからのその言葉はＭＲにとって一番の誉れだ。飛びあがって喜びたくなる賛辞のはずなのに今の環は上手に笑うこともできない。

「お任せください。それじゃ、頼まれた資料をすぐに揃えてまたご連絡しますね」

「待って」

踵を返そうとした環の腕を高史郎が引く。意図したわけではなくとっさにつかんでしまった、高史郎自身もそんな表情を浮かべている。

「あ、あの……なにか？」

「このあと、まだ時間があるか？」

その台詞はやや言いにくそうにボソッと紡がれた。

社に戻る環を見送りがてらということで、病院の中庭をゆっくりと歩きながら話をする。

「この質問は医師として投げかけるわけではないから、嫌だったら答えなくてもいい」

いやに回りくどい前置きをしてから彼は環の顔をのぞく。

「なにかあったのか？」

「え？」

環は目を丸くする。

「新薬の正式検討、君にとっては念願だっただろうし、もっと嬉しそうな顔が見られるかと思っていたんだが……」

残念そうな顔と声で彼はそう言った。

（私がうまく笑えていなかったこと、要先生は気づいていたのね）

「もちろん、心から喜ばしいと思っています」

今日の話は本当に嬉しかった。それは嘘ではないけれど、彩芽の一件が心に引っかかり環の気分はなかなか浮上できていない。

「すみません、反応が薄くて」

「別に責めるつもりはない。ただ、その……なんだ」

前髪をくしゃりと乱しつつ彼は言葉をにごす。その不器用な姿に環の表情がほころぶ。

「心配してくれているんですか？」

「先に言っておくと気のきいたアドバイスができるかはわからない。ただ話を聞くくらいなら俺にもできる」

高史郎の優しさは冬の朝の毛布みたいだ。落ち込んだ気持ちをふんわりと包んで温めてくれる。

「実は――」

昨日の彩芽とのやり取りを彼に打ち明けた。自分の不甲斐なさを吐き出せただけでも心が軽くなる。

「難しい問題だな。その彼女の言い分も理解はできる。仕事より結婚や家庭を大事にしたい、そう考えるのはなにもおかしいことじゃない」

彩芽や高史郎の意見は正しい。けれど環は彩芽に仕事も諦めないでほしいと、安易な励ましを押しつけてしまった。

(私がそれを言うのはひどく傲慢なことだったのに)

「自分の恵まれた環境をいつの間にか当たり前に思っていて、私はどこか上から目線で彼女の悩みをとらえていたんだと思います」

努力は報われる、結果を出せば評価される。それは正社員という恵まれた地位を前提として成り立っていたことなのに。

そういう自分の驕りが彩芽を深く傷つけた。

「チームマネジメントに悩むのはいいことだと思う。きっと君を成長させる」

そこまで言ってから彼はじっと環を見つめた。真剣な瞳に射貫かれる。

「だけど、自分の環境に引け目を感じる必要はない。環の恵まれた環境は君自身の努力で得たものも多いはずだ」

高史郎がかけてくれる毛布のなかで、環の冷えきっていた心はじんわりと温かさを取り戻していく。

「学生時代もみんなが遊んでいるなか君は真面目に勉学に取り組んでいた。今回、うちの病院が新薬の導入を検討するのも、君の脳梗塞という病気への深い理解と豊富な知識があったからこそだ。君の人間性が引き寄せた素晴らしい環境を恥じる必要はいっさいない」

「……要先生」

胸が甘く高鳴る。あらためて、彼が好きだと思った。いや、この感情は愛に近しいのかもしれない。ドキドキ、ワクワクするといったような衝動的な部分だけではない。もっと深いところで、自分は彼に惹かれている。

(たとえかつての彼が私をおとしめる発言を本当にしていたのだとしても、それでも私は……)

すべての過去を引っくるめて、今の彼を愛している。

「ありがとうございます」

本当に嬉しいとき、伝えたい感情がたくさんあるときほど、言葉は出てこないものだ。今も、それしか言えなかった。

綺麗な弧を描く彼の目元、穏やかな笑みに胸が切なく締めつけられる。こぼれそうになるこの思いを彼に知ってほしい。その気持ちのままに環は「あの!」と話を切り出した。

「なんだ?」

「今度、お時間をいただけないでしょうか？」

「ＭＲとの面会なら木曜日以外の午後に――」

「そうじゃなくて」と環は彼の言葉を遮った。高史郎は戸惑いに目を瞬く。

「ＭＲとしてではなく速水環として、要くんに話があるの」

今はあえて「先生」と呼ばなかった。そこに込めた思いは、はたして彼に伝わっただろうか。


翌日、彩芽と少し話をした。

「昨日のことなんだけどね」

彼女の選ぶ道を尊重する。ただし、遅刻やあきらかにやる気のない態度はこれまで築いてきた信用を失うもったいない行為だということも言い添えた。

「彩芽ちゃんの言うとおり、私はずいぶん余計な口出しをしてしまったと思う。それはごめんなさい」

「いえ、私も感情的になって申し訳ありませんでした。遅刻は……もうしないようにするので」

「うん、よろしくね」

環と対峙《たいじ》する彼女の瞳は、なにかに迷うように揺れていた。

五月の大型連休が明けてすぐの日曜日。初夏らしい爽やかな気候で、頭上の太陽はまぶしいほどに輝いている。

環は約束の午後二時より十五分も前に待ち合わせの場所に到着した。鏡張りになった駅ビルの壁面に浮かれた自分の姿が映っている。

胸元はVネック、袖はフレアになっている優しいアイボリーカラーのワンピース。ファッションが得意ではない環は甘辛バランスを取ったり、テイストをミックスさせたりするのがうまくできない。今日はちょっと女性らしさに寄りすぎてしまった気もする。

(気合い入れすぎって思われるかな? 髪もまとめるより、おろしたほうがよかった?)

高史郎はどんなファッションで来るのだろうか。並んだときのバランスが悪くないといいけれど。これから彼と過ごす時間を頭のなかで何度もシミュレーションしてドキドキしたり、不安に顔を青くしたり。

(この情緒不安定な感じ、十年ぶりだわ)

自分がまた、どっぷりと恋にはまっていることを実感する。あの頃も今も、高史郎のことになるとまったく余裕がなくなってしまう。

十五分待つ間に浮き立つ心を落ち着かせようと思っていたのに、ほんの数分で彼がやってきた。

「悪い、待たせたか？」

「い、いえ。私が早く来すぎただけですから」

高史郎は白いカットソーの上にネイビーの麻のジャケット、濃いベージュのパンツという装いだ。学生時代とは違う大人な雰囲気にドキリとした。

互いに「これはデートなんだろうな」という共通認識は持っているものの、具体的なプランは相談していなかった。誘った側である自分が責任を持つべきだろうと環は切り出す。

「要先生、お時間に余裕はありますか？　もしよかったらどこか……」

いきなり本題である告白を始める勇気はさすがにない。芸がないかなと思いつつ映画に誘ってみようと考えていた。ところが環がそれを提案するより先に彼が言う。

「実は一応、今日のプランを考えてきたんだが」

ものすごく恥ずかしそうに彼が話してくれる。ひと駅先にある美術館でちょうど有名な画家の企画展をしているからそれを鑑賞して、その後になんと……東京湾のクルージングを予定していると言うのだ。

環は幽霊でも見たかのように目を真ん丸くしてしまう。

「クルージングデートを……要先生が？」

あまりにも意外すぎる。その情報はいったいどこから得たのだろう？ 好奇心にあらがえずに尋ねると、彼はますます耳の辺りを赤くして打ち明けてくれた。

「君が好きなあの映画に船のシーンがあっただろう？ ほら、ラストの」

「あぁ、ディアサンシャインのエンディングシーンですね」

環が製薬会社に就職するきっかけになった映画。大団円を迎えたあとの、エンドロール直前のワンシーンだ。主役の男女コンビが豪華客船で海に出て、事件解決を祝して乾杯する。

「東京湾ではややスケールが小さくなるが、君が……喜ぶかと思って」

環の満面に笑みが広がる。喜ばないはずがないではないか。

「嬉しいです。私が喜ぶと思って要先生がデートプランを企画してくれたってことですよね？」

考えるまでもなく絶対に苦手なことだろうに。高史郎はフイッとあさっての方向を向く。

「いちいち言葉にして説明するな」

「だ、だって。ふ、ふふっ」

環がこらえきれずに忍び笑いを漏らすと、彼はムスッとして眉根を寄せる。

「たった今、決意した。こういうのはもう二度としない」

これ以上笑ったら高史郎は怒って帰ってしまうかもしれない。それはわかっているのに自然とこぼれる笑みを止めることができない。

「ごめんなさい、からかっているわけじゃないんです。嬉しくて、どうしてもにやけてしまうだけで」

拗ねる彼はギュッと抱き締めたくなるほどかわいくて、〝かわいい〟という感情は最上級の愛なのだと初めて知る。

「次は私が考えてきますね。といっても、私もこういうの苦手分野ですけど」

その何気ない台詞に高史郎は意外なほど強く反応した。驚いたように目を見開いて環を見つめる。

「次があるのか？」

言われて環もハッとなる。自分は勝手に、これからもこうしてふたりでデートする未来を思い描いていた。

（私は二度目も三度目もしたいけど……それを今、伝えてもいいかな）

高史郎はきっと自分以上に鈍いだろうから、いきなり告白するのではなく少しずつ匂わせておいたほうがいいかもしれない。そう考えて勇気を出す。

「わ、私は次もあったらいいなと思ってます」

照れくさくてパッと顔を背けてしまう。でもほんの一瞬、視界の端で彼の口元が緩むのを認識できた。

『男の考える〝脈あり〟はたいてい外れてるけど、女のそれはほぼ正解だから』

（信じるからね、麻美）

今日は絶対に逃げずにがんばる、環はもう一度自分に誓いを立てた。

世界的にも人気がある浮世絵師の企画展なだけあって美術館は大盛況だ。でも騒がしいくらいのほうが自分の心音が気にならなくていいかもしれない。

「要先生が美術に造詣《ぞうけい》が深いとは知りませんでした」

「造詣ってほどのもんじゃないが、この画家は祖父が好きで家に画集があったりしたから懐かしくて」

「おじいさんと仲がいいんですね」

医師になったきっかけも祖父だと言っていた。マイペースで頑固な高史郎の人生に大きな影響を与えた人物のようだ。

「俺は祖父に育てられたからな」

「えっ、ご両親は海外暮らしとかですか？」

高史郎には育ちのよさそうな雰囲気があるので、そういう可能性もありそうだ。だが、彼は静かに首を横に振る。

「ふたりとも俺が子どもの頃に亡くなっている。車の事故だった」

思い返せば、学生時代にも彼の口から両親の話を聞いたことはなかった。

「……そうだったんですね」

ほかにどんな言葉をかけていいのかわからず、環は黙りこくってしまう。すると高史郎は優しい笑みを浮かべて「そんな顔をする必要はない」と言ってくれた。

彼がポツポツと自分の生い立ちについて語る。

鎌倉の地で、要家は代々不動産業を営んできた。祖父が会長で、父が社長。九歳のときに両親が亡くなり、高史郎は両親と住んでいたマンションから祖父の家に移り、そこから高校卒業まで祖父とふたり暮らしだったそうだ。

「両親が健在だった頃は会社の会長である祖父しか知らなかったから、とにかく怖い人だと思っていて、一緒に暮らすのは恐怖でしかなかった。でも――」

高史郎は懐かしむように目を細める。

「仕事を離れた祖父はすごくユニークな人でね、いつも思いつきの趣味に俺を巻き込むんだ。そば打ち、油絵、ギター。急にこの漫画を読めと全巻与えられたこともあったな」

高史郎という人間がどうやって形作られたのか、紐解かれていくようで彼の過去を知るのは楽しい。

「あれ？　でも今の話だと要先生は大事な跡取りなんじゃないですか？」

兄弟もいないようだし、実家の会社はどうなっているのだろう。

「祖父亡きあとは叔父が継いで、その息子が後継者としてもう会社に入っているから問題ない。むしろ俺は邪魔者だ」

彼の声のトーンと瞳の色から叔父とはあまりいい関係ではないことがうかがえた。

それに……高史郎は祖父との思い出をすごく最近のことのように語っていたので、勝手にご健在なのだと思い込んでいた。でもそうではなかったようだ。

「おじいさんも亡くなられていたんですね」

環がその言葉を口にしたとき、高史郎の眉がピクリと動いた。

（私、おかしなことを言ってしまった？）

けれど彼はすぐに穏やかな表情を取り戻して、戸惑う環に「祖父が亡くなったのは大学のときだよ」と教えてくれる。

しんみりしてしまった空気を払うように彼が話題を変えた。

「環は？　どんな子どもだった？」

「私は今とあまり変わらないかもしれないですね。年の離れた手のかかる弟がいて」

両親は小児科のクリニックを経営していたので多忙ではあったけれど、自宅も同じ敷地内にあったので寂しさはあまり感じなかった。近所の友達にも『先生』『看護師さん』と慕われている両親は環の自慢だった。

「弟は三浪で医学部に入ったのでまだ学生なんです。びっくりするくらいのんきな子なので医師としてやっていけるのか今から心配で」

意図したわけではないけれど、今日は互いに仕事の話題は出さなかった。企画展をのんびりと観て回り、併設のカフェでコーヒーを飲む。環はブラックで彼はミルクたっぷり。

「夕食は船のあとでも大丈夫か？」

「もちろんです」

クルージングは比較的カジュアルなものらしく、サンセットを楽しめるように夕方にお台場の港を出発。優雅にお酒を楽しみつつ、一時間半ほど東京湾を巡って戻ってくるそう。その後に夕食なら、時間的にもおなかの減り具合的にもちょうどよさそうだ。

想像していたよりもずっと大きく豪華な客船が汽笛を鳴らして大海原に乗り出した。軽やかに泡が弾けるシャンパンで乾杯をすると、環は待ちきれずにはしゃいだ声をあげる。

「要先生、デッキに出てみませんか？」

子どもみたいにワクワクを隠しきれていない環に彼は優しく目を細める。

「いいよ」

だんだんと茜《あかね》色に染まりはじめる広い空、キラキラと輝く海面、爽やかに吹き抜ける初夏の風。最上階のデッキは開放的でとても気持ちがよかった。

「最高ですね！」

「あぁ」

船はゆったりと東京の名所を回っていく。湾岸エリアの象徴である吊《つ》り橋をくぐったあとは、日本の空の玄関口である国際空港、すっかり東京のランドマークとなった電波塔の姿も見えた。

「住んでいる街をこうやってあらためて眺めるのって新鮮ですね」

よく知っているはずの東京も、初めて訪れる魅力的な街のように感じられる。

「……東京は遠くから見ているくらいがちょうどいいな」

彼らしい皮肉のきいた感想に環はクスクスと笑った。

「要先生のおかげで、今日は大好きな映画の主人公になった気分です。私、あの映画のラストシーンが本当に好きで……」

何度も観た名場面を思い出す。映像も台詞も脳内で完璧に再現できた。

『私たちって意外といいパートナーになれそうじゃない？』

主人公の女性が相棒の男性に笑いかける。

『仕事の？　それとも、人生の？』

彼の問いかけに、主人公は蠱惑的《こわくてき》な笑みでこう答えるのだ。

『さぁ……まだ秘密よ』

これまで一貫して仕事の相棒として描かれ、恋愛要素なんて皆無だったふたりの恋がにわかに始まりそうになる。この先が知りたい、こちらにそう思わせたところで鮮やかにエンドロールが流れ出す。

（あのふたりは結局人生のパートナーになったのかな？　そして私と要先生は――）

高史郎と環の眼差しがぶつかる。彼はふっと柔らかく笑んだ。

「あのラストシーンは俺も好きだ。……あやかれたらいいなと思った」

ボンッと音を立てそうな勢いで環の頬が赤く染まる。

（あ、あやかれたらってどういう意味？　私たちも彼らみたいに……ってこと？）

高史郎がやや言葉足らずなのは天然なのか、もしかしたら計算だったりするのだろうか？　翻弄《ほんろう》されるばかりの自分がなんだか悔しかった。恋は惚れたほうが負けってやつなのかもしれない。

「綺麗ですね」

「そうだな」

水彩絵具を混ぜたような夕空のグラデーションが刻々と移り変わっていく。視界を遮るものがないので夕日はやけに大きく、朱《あか》はより鮮明だ。

ゆっくりと水平線に落ちていく夕日をふたりは黙って見送る。

無数の人間が生きるこの世界で高史郎と出会い、別れ、そして再会した。それはとてつもない奇跡のように思える。この奇跡を運命に変えたい、そう強く思う。

「女性とクルージングなんてする日が来るとは想像もしていなかった。人生はおもしろいな」

しみじみと高史郎がつぶやく。

「柄にもないことをしたなって思ってますか？」

「あぁ、ものすごく。でも——」

視線がまっすぐに刺さった。高史郎は時々こういう目をする。少年のように無邪気で情熱があふれるような瞳。そのたびに環は落ち着きなくうろたえてしまう。

「君が喜んでくれたなら、らしくないことをした甲斐もあった」

「はい。……すごく楽しいです」

サンセットや豪華な船はもちろん素敵だけれど一番はそこじゃない。高史郎とロマンティックなデートをしている、その事実が環の気分をどこまでも高揚させていた。

船をおりる前にお手洗いを済ませておこうと、環は彼を残して下階へ向かった。お手洗いから戻る途中、向かい側からやってきた女性が不躾なほどにまじまじと環を見つめてきた。

（え、顔になにかついてるのかな？）

そう思って頬に手を伸ばした瞬間、「やっぱり！」という大きな声が耳に飛び込んできた。

「速水さんだよね？　覚えてないかな？　私、優実！」

環を見つめていた彼女の顔がパッと輝く。

「ゆ、み……あ、あぁ！」

正直、最初はピンとこなかった。彼女の雰囲気はあの頃とずいぶん変わっていたから。優実は大学の同級生だ。所属していた映画サークルで一番華やかだった女の子。

そして……。

『うーん、〝要くん〟はあそこまでひどい言い方はしてなかったけどね』

『真面目すぎてつまらなかったって意味に聞こえたかなぁ？』

自分を打ちのめした、あの日の彼女の声が蘇る。高史郎の不感症発言を自分に教えてくれた人物、それが優実だ。

（い、今はあまり会いたくなかったかも）

それが本音だった。が、彼女はお構いなしに喋り出す。

「速水さん、すっごく垢抜けたね～。オシャレになった」

「あ、ありがとう。優実ちゃんも雰囲気が変わっていてびっくりした」

当時は……死語かもしれないけれどギャルっぽい雰囲気の子だった。けれど今の彼女はナチュラル系と呼ぶのだろうか。エコとかオーガニックという言葉が似合いそうなファッション系統に変わっていた。美人なので今のテイストもよく似合ってはいる。

「あぁ、これは仕事みたいなものだから。セルフプロデュースってやつ？」

少し自慢げに彼女は鼻を高くした。

優実は夫婦でいわゆるインフルエンサーというやつをしているそう。オシャレで丁寧な暮らしぶりをＳＮＳに投稿することで人気を集めているらしい。

「まぁ楽しいことばかりではないんだけどね～。注目されちゃって大変だし」

環にはよくわからない世界だが、彼女が幸せいっぱいらしいことは伝わってきた。

優実は環の左手をじっと見て、クスリと笑う。

「速水さんは独身？　もしかしてまだ医者狙いだったりするの？」

（え、え～と、医者狙いだった過去は私にはないけどな）

高史郎との過去を彼女はそんなふうに曲解してとらえているらしい。

「医者はライバル多くて難しいよ～。私もやっぱ学生時代に決めておくべきだったなって後悔してるもん。ほら、あのイケメンだった要くんとか！　彼、どう考えても私のこと好きだったと思うんだよね」

環の目にはそんなふうには見えなかったけれど、彼女は過去を自分の都合のよいように改ざんする癖があるのかもしれない。

「環！」

背中にかけられた声に環は振り返る。

「あ、要先生……」

「トイレにしては遅いから。なにかあったのか？」

返事をしようとする環を遮って優実が「え～！」と大きな声をあげた。

「か、要ってあの要くん？　わ、変わってないどころか学生時代よりイケメンになってるし。え、え？　なんで速水さんと？」

大騒ぎの優実に高史郎の表情が凍りつく。

「なんだ、このうるさい女は……なぜ俺の名前を知っている？」

不審人物でも見るような目つきを彼女に向けた。環は慌ててフォローに入る。

「映画サークルで一緒だった同級生の優実ちゃん。要先生も覚えてますよね？」

「知らない。あのサークルの人間は環しか記憶にないな」

高史郎に悪意はなかったと思うが、優実のプライドはいたく傷ついたのだろう。一番の美女だった自分を覚えていないなんて、とでも思ったのかもしれない。プルプルと肩を震わせている。

「……なによ、それ。まさかあなたたち、結局うまくいったわけ？　せっかく私が邪魔してやったのに⁉」

「――え？」

環が目を見開くと優実はハッとしたように手で口元を隠した。

「邪魔したってなんの話？」

「べ、別になにもないわよ」

言葉とは裏腹に彼女の目はあきらかに泳いでいる。

結局、環の圧に負けて彼女は渋々、過去の一件の真相を白状した。

環のことを不感症と言いふらした男性はたしかに存在した。でもそれは高史郎ではなかったらしい。

「どういうこと？」

「だから、それを言ったのは矢野《やの》くんなの。彼、ずっと速水さんのこと狙ってたみたいで……あの飲み会のとき『絶対落とす』って意気込んでたのよ。だからサークルのみんなもそれとなく彼に協力しててさ」

矢野という名前だけではピンとこなかったけれど、話の内容でそれが誰を指すのかは理解できた。サークルのOB総会の日に酔いつぶれたふりをして環をタクシーに連れ込もうとした彼だ。けれど高史郎の登場で彼のたくらみは失敗に終わった。優実は偶然その場面を目撃していたらしい。

「要くんが助けてあげてたでしょう？　だから私は矢野くんのお持ち帰り失敗を知ってたんだけど……ほら、彼って見栄っ張りだから」

後日、仲間に『うまくいったのか？』と聞かれた矢野はお膳立てしてもらったあげくに失敗したとはプライドが邪魔して言えなかった。環とそういうことになったと嘘をついて、空想の夜のあれこれを語って聞かせたらしい。不感症発言はつれなかった環への腹いせといったところだろうか。

（そ、そういうことだったの？）

思い返してみれば、環をはやし立てた男の子たちは高史郎の名前はひと言も出していなかった。彼の名を出したのは……優実だけだ。

環はチラッと目線をあげて彼女を見る。責められたとでも思ったのか、彼女は臨戦態勢になった。声を荒らげて言い訳にもならない弁解を始める。

「要くんは私が一番に目をつけてたのに！　速水さんみたいな地味な子に先を越されるなんて、ありえないでしょう⁉」

彼女は、あの夜自分たちが一緒に帰るところまで見ていたそうだ。

優実が自分に嘘をつく理由などないと当時は思っていた。でもそうではなかった。環は知らぬ間に彼女の恨みを買っていたらしい。

「だから不感症どうこうって話で速水さんが要くんの名前をあげたとき、ふたりはやっぱりそういう関係になったんだ～って、無性にイラッとして……」

イラッとしても人として越えてはいけないラインがあるのでは？

そう言いたかったけれど、あまりの衝撃に言葉が出ない。人目がなかったら床に膝をついていたかもしれない。

彼女は暴言の犯人は高史郎じゃないと知っていたのに、自分たちの仲を引っかき回す目的でわざと意地悪な発言をした。環はその策略にまんまとはまり高史郎と喧嘩別れするはめになった。それが真実だったようだ。

（ひ、ひどすぎる）

「まぁでも、とっくに時効の話よね？　今さら文句を言われても――」

悪びれもせず強気な優実の前に、高史郎がスッと歩み出る。

「時効という言葉は加害者に都合のいい盾じゃない。彼女に悪いことをしたのなら、きちんと謝るべきだ」

正論でたしなめられ、優実は顔を真っ赤にする。

「わ、わかったわよ。謝ればいいんでしょ、謝れば！　すみませんでした！」

そう吐き捨てると彼女はくるりと踵を返し、肩を怒らせ去っていった。

小さくなっていく彼女の背中を環は絶望のなかで見送る。

（あぁ。優実ちゃんも恨めしいけど、それ以上にカッとして短絡的に動いたあの頃の自分が憎いわ）

唖然《あぜん》として動けない環に高史郎が尋ねる。

「彼女となにがあったんだ？」

環はどうにか声を振り絞る。

「謝罪……私も要先生に謝らないといけないことが」

夕食は高史郎が行きつけだという天ぷらの専門店を予約してくれていた。彼は席をカウンターから個室に変更してくれて、食事をしながら話をしようということになった。

木のぬくもりが感じられる落ち着いた内装の素敵な店だ。茶室のようなにじり口から入る個室はふたりには十分な広さがあり、静かに話をするにはぴったりの雰囲気だった。

　とにかく早く謝罪をしなければ、そう思った環は先付けが届くと同時に話し出す。

　自分の盛大な勘違い、弁解のしようもない失態なのですべてを包み隠さずに告げた。

不感症というワードを口にするのはさすがに恥ずかしかったけれど。

「本当にごめんなさい」

　高史郎はただただ驚いている様子だった。ゆっくりと言葉を選んで返事をする。

「いや、それで君はあんなふうに怒っていたのか。俺はずっと連絡をできずにいたことを怒られているのだとばかり」

「連絡がないのも私にがっかりしたせいだって思い込んで、それで余計に……」

　不安とイラ立ちがつのって爆発してしまったのだ。

「それは違う！」

　高史郎が彼にしては珍しく語気を強めた。その行動に自分でも驚いたのか、コホンと咳払いをして場を仕切り直す。

　まっすぐな眼差しが注がれる。

「君にがっかりなど断じてしていない。それは信じてほしい」

「――はい」

「長いこと連絡できなかったのは申し訳なかったと思っている。祖父は急死に近い状況だったから、諸々の手続きなども大変で……なにより俺自身の気持ちの整理も」

(え、おじいさんの急死?)

環は弾かれたように顔をあげる。

「おじいさんがお亡くなりになったのは、あのときだったんですか?」

やっぱり。そう言いたげな表情で彼は軽く首をすくめた。

「先ほど祖父の話をしたときの君の反応……もしかしたらとは思ったんだが、やはりきちんと伝わっていなかったんだな」

あの夜、彼にかかってきた電話は祖父が倒れたという知らせだったらしい。

「嘘……」

環には彼のその説明を聞いた覚えがまったくない。高史郎を拒んでしまったこと、それをどう挽回すればいいのか、そればかり考えていたせいだろう。

「ご、ごめんなさい。私……」

優実の嘘を信じてしまった以上の失態だ。オロオロする環に彼は優しく首を横に振る。

「いや。俺も気が動転して……緊急事態だから帰ってくれとか、おそらくその程度しか話せていなかったと思う」

「おじいさんはそのまま？」

祖父を思い出しているのだろう。彼の瞳は懐かしさと寂しさの入り交じる複雑な色合いを見せた。

「あの日倒れて、それから数日危篤の状態が続いた。でも最期には少し意識が戻って、きちんと別れを告げることができたよ」

（そうだったんだ）

あの夜の『帰ってくれ』という発言もその後の連絡が途絶えたことも、ようやく本当の理由を知ることができた。

「君も俺も色々と誤解していたようだな」

どう考えても悪いのは環のほうで高史郎はなにひとつ悪くないのに、彼はお互いさまということで話を締めようとしてくれる。でも、それに甘えてはいけない。

「もうひとつ、謝らせてください」

自分に向けられる彼の瞳を真摯に見返して環は言う。

「あのとき、嫌とか無理とかひどい言葉を投げつけて本当にごめんなさい」

いたずらが見つかった小学生のような顔で高史郎はふっと苦笑する。

「あれは全面的に俺が悪い。君の気持ちを無視して突っ走ってしまったから。若さを理由にはできないが未熟だった」

「ち、違うんです。気持ちとしては私だってすごくしたかったんです！」

しん……と一瞬の静寂が落ちる。ハッと我に返った環は襲いくる羞恥心に身悶えた。触れなくても頬が尋常じゃないくらいに熱くなっているのがわかる。

「ご、ごめんなさい。なにを言ってるんだろう、私」

しどろもどろな声は消え入りそうに細くなっていく。

（でも、あのとき要くんに抱かれたいと思った気持ちは嘘じゃないから、それは知っていてほしい）

「ただ怖気づいちゃっただけなんです。要先生はなにも悪くないですから」

視線をあげて彼を見れば、彼も真っ赤になった顔を手で覆って隠そうとしていた。

「いや、その」というやけに増えた繋ぎ言葉から彼の動揺ぶりが伝わる。それでも高史郎はきちんと環の目を見て、不器用ながらも思いを伝えてくれる。

「今の言葉が聞けてよかった。当時の俺の気持ちは一方通行だったわけではないんだな」

「はい。きっと同じ気持ちだったと……私は思ってます」

とても優しく彼がほほ笑む。宝箱にしまって永遠にそばに置いておきたいと願ってしまうほどに素敵な笑顔だった。

ふたりを包む空気がホッとほどけて、柔らかくなる。ちょうどそのタイミングで揚げ立ての海老の天ぷらが運ばれてきた。

「冷めるともったいないし食べようか」

「はい！」

そのあとはもう、過去の話はしなかった。おいしい食事を楽しみながら今のふたりの話をした。

食事を終えて外に出る。そこからの道のりは、ふたりともなにも語らなかった。言葉はいらない、きっと同じ気持ちでいるから。

心地よい夜風に誘われるように、どちらからともなくそっと手を近づけた。指先がぶつかって、互いに恥じらうように少し遠ざかる。

そんなやり取りに顔を見合わせて、ぷっと笑い合う。

「環」

彼が自分の名前を呼んで、しっかりと手を握ってくれる。自分よりずっと骨張った彼の手の感触を指の間で感じ取る。体温がゆっくりと交ざり合い、溶けていく。

裏通りは人気《ひとけ》が少なく、時折思い出したようにやってくる車がふたりを追い越していくばかりだ。

ふと気がつけば、彼の顔が間近に迫っていた。こちらにまで緊張が伝わってくるような硬い表情で彼が口を開く。

「昔も今も、君を前にすると俺はすごく……」

「すごく？」

甘い予感に環の胸はこれ以上ないほどに高鳴っている。彼の美しい唇が次のひと言を紡ぐまでの時間がやけに長く感じられて焦《じ》れったい。

「――すごく疲れる」

「へ？」

待ちわびた台詞はちっともロマンティックなものではなくて、環は鳩が豆鉄砲を食ったような微妙な顔をしてしまう。

「どういう意味ですか、それ？」

「言葉どおりだ。環が近くにいるとソワソワして落ち着かない。俺らしくもなく感情が乱高下するし、たかが食事をする店を選ぶのに何時間も悩んで時間を無為に消費して……」

彼は弱りきった様子で深いため息を落とす。

「気づけば君のことばかり考えていて、自分が自分でいられなくなる」

（それってまるきり……）

ドクンドクンと強く打ちつける自身の鼓動を聞きながら環は口を開く。

「その台詞、そっくりそのままお返しします」

自分もまったく同じだ。彼の隣だといつだって心臓が騒がしくて、ささいなことで一喜一憂し、努力して築きあげてきたできる女の面影はあっさり消え失せてしまう。

「要先生といると、私の知らない私が出てきてすごく困るんです。おまけに……」

環はそこで言葉を止めて彼を見る。クスリと笑って続けた。

「それが全然、嫌じゃないんですよ」

彼の言葉も自分のそれも、文句と見せかけた愛の告白だ。

（大丈夫、私たちは同じ気持ちでいる）

「要先生、知っていますか？　こういう気持ちを世間では――」

環の口を彼の手が塞ぐ。頬を赤くした高史郎がつぶやく。

「その先は言わなくていい。君に対して抱くこの感情にどんな名前がつくのか、ようやく理解できたから」

「え？」

口を塞いでいた高史郎の手が環の頬を優しく撫でる。

「恋、と呼ぶんだろう？」

自分でも納得したように彼は小さくうなずいた。

「うん、間違いない。俺は君が好きなんだろうな」

君が好き。

その響きに環の胸は満たされ、喜びがあふれ出す。

「わ、たしもっ。要先生が好きです！」

環からの告白に彼は目をみはり、それから顔をくしゃりとして笑った。

「よかった。そちらに関しては正直あまり自信がなかったから」

見つめ合って、十分すぎるほどの間が流れる。それからふたりは、ゆっくりと確かめるように唇を重ねた。ふにっと柔らかなものが触れて、遠ざかったかと思うとすぐに帰ってくる。

「はぁ」という彼のなまめかしい吐息が環の背中をぞくりとさせた。

「環、君が好きだ」

全身に痺《しび》れるような震えが走る。

磁石が引き合うように、そうしなくては生きていられないみたいに、甘いキスを繰り返す。人が通りかかる可能性、そんな普通の思考すら完全に抜け落ちていた。

環の目には高史郎しか映らない。

（今さら、じゃない。今度こそだ。今度こそ……）

さらりとした感触の彼の頬を両手でそっと包み、環は歓喜の涙で潤む瞳を高史郎に向ける。

「私、帰りたくないです」

「あぁ、俺も……帰したくない」

高史郎が暮らす部屋は緑邦大病院からもほど近い静かな住宅街のなかにあった。外壁はチョコレート色、派手さはないけれど落ち着いた内装の素敵なマンションだ。

鍵を開けて環をなかにエスコートしたあと、高史郎はそう間を空けずに環の腰を引いて抱き締めた。シャンプーか柔軟剤の香りだろうか。森林を思わせる温かみのある匂いが環の鼻をかすめる。どう見てもアウトドア派ではないのに、意外としっかりとした胸板の厚みに鼓動がドクドクと騒ぎ出す。

長い指が環の顎をすくい、視線がぶつかる。

「俺はまた急ぎすぎているか？　不愉快だったら言ってほしい」

かつての記憶を彼も忘れていないのだろう。注意深く気遣うように環の表情を確認した。普段の高史郎はあまり男性の生々しさを感じさせない人だ。そんな彼が見せる雄の色香に頭がくらりとして、ひるんでしまいそうになる。

（でも、もう逃げたくない。ちゃんと向き合うって決めたから）

環は深呼吸をひとつして、今の感情すべてをさらけ出した。

「私、初めてなんです。要先生のことが大好きだから、したいって思います。だけどそういう行為はまだちょっと怖くて……」

「うん」

支離滅裂になりながらも言葉を紡ぐ環に高史郎は優しくうなずく。

「男の人からしたら、つまらなかったりかわいくなかったりする反応しかできないかもしれません。それでも、私を受け入れてくれますか？」

高史郎の大きな手がさらりと環の頭を撫でた。子どもにするような手つきだったのは、環をおびえさせないための彼の優しさだろう。

「どんな反応でも君がするならかわいいだろうなと思う。実際、十年前も……環があまりにもかわいいから、理性が飛んで突っ走ってしまった。今夜は気をつける」

自身をいましめるように彼はきっぱりと言い切った。

あの夜の自分は石像みたいに固まって、うなるような声しか出せなかったのに……

彼はそんな自分も『かわいい』と言ってくれた。そのひと言だけで恐怖はずいぶんと遠ざかる。

「あぁ、けど」

高史郎はクスッと唇を緩めて付け加えた。

「〝嫌〟はいいけど、〝無理〟はできたら控えてほしいな。あれはこう、心にズシンと致命傷が入るから」

真面目な顔でぼやく彼と約束する。

「はい。〝無理〟は禁句にしますね」

彼の右手に支えられながら環の背中はゆっくりと沈む。几帳面にピシッと整えられたシーツの上に、ほどいたばかりの長い髪が広がる。

子猫がじゃれ合うようなキスを繰り返し、高史郎はたっぷりと時間をかけて環の緊張をほぐしていった。

「あっ」

環の声が甘くなったのを確認してから、彼はキスをもう一段深める。ぬるりとした舌が環のそれに絡みつく。強弱をつけて吸われると頭の芯がじんと痺れるような心地がした。

「ふっ、うん」

耐えきれずこぼれた環の吐息に煽《あお》られて、高史郎の動きからためらいが薄れていく。かつては彼が見せたこの雄の顔を怖いと感じてしまった。もちろん今だって多少は怖い。けれど高史郎が自分を求めてくれている。それを嬉しく思う気持ちが恐怖を上回った。環もいくらかは大人になったのかもしれない。

だんだんと彼の唇と肌に慣れて応える余裕が生まれてくる。差し入れられる彼の舌を不器用ながらも舐《な》め返してみた。

「んっ」

高史郎の口からくぐもった声が漏れる。その声を愛おしい、もっと聞いてみたいと感じた。不思議なもので自分が積極的になるにつれて、恐怖は小さくなっていく。愛し合うという行為をふたりでしているのだ、そう実感できるからかもしれない。

彼は一枚ずつ丁寧に環の服をはぎ取っていき下着姿にさせた。それから、自分は一気にカットソーをたくしあげ頭から抜き取る。ほどよい筋肉のついたおなかはうっすらと割れている。好奇心にあらがえず環はそっと手を伸ばし、彼の肌に触れた。上質な革製品のようになめらかな質感だ。さわさわと手を動かしていると、高史郎はピクッと苦しげに眉根を寄せた。

「ご、ごめんなさい。変なことしちゃった」

「いや。君の手は心地いいが、よすぎるから少し困る」

弱ったように眉尻をさげて彼は続けた。

「俺も触れていいか？」

「はい」

アイスグレー色の下着ごしに彼の大きな手が環の乳房を包む。丹念に優しく撫で回されると胸の中心がじんわりと熱を持ってとがってくる。長い指がブラを押しあげ、薄紅に色づく果実が露出する。

「綺麗だ」

言いながら彼は右の果実を爪弾き、左のそれを舌で転がす。

「う、んん……」

いじられているのは胸元なのに腰にビクッとした刺激が走る。下腹部がキュッと締まって切なく疼く。

「痛くないか？」

「は、い」

もてあそばれる先端はぷっくりと熟れていき、そこだけに神経が集中しているかのような敏感さで彼からもたらされる甘い刺激を拾う。セックスは気持ちのよいもの。今初めて、体感をともなってそれを知る。

彼の指先が与えるかすかな圧に環の背中は鞭《むち》のようにしなった。

「あっ、ん。気持ち……いい」

「俺も。環に触れている場所は全部、たまらなく心地いい」

都度、環の反応を確かめつつ彼の手はだんだんと下肢におりてくる。初めてにもかかわらず、いや初めてでも本能が作動するものなのだろうか？　環の秘部はすでにしっとりと濡れていた。

ショーツごしに彼の指先が往復すると、無意識のうちに内ももにギュッと力が入ってしまう。胸への刺激以上に大きくなって襲いくる快楽の波を逃がすため、環は駄々をこねるように身体をよじった。

それを見た高史郎はゴクリと喉仏を上下させ、その瞳で燃える情熱の炎をまた少し大きくした。

「まずいな、そろそろ耐えられなくなってきた」

「大丈夫。平気です」

もう遠慮はしなくていい。そう伝えたくて、環は彼の頭を胸に強くかき抱いた。

誰も拓《ひら》いたことのなかった隘路《あいろ》を筋張った指が進んでいく。泉がしっかりと満ちているおかげか、思っていたよりは痛くない。彼の身体の一部がすでに自分のなかに埋まっている、そう考えるだけで羞恥と興奮がとんでもないことになった。

さらりと揺れる前髪、かすかに汗ばむ首筋と広い胸板。浅く速くなっていく彼の呼吸に自分の下腹部が立てる水音。視覚も聴覚も、入ってくる情報のすべてが淫らで環を官能の世界へといざなっていく。理性が途絶え本能のままに声をあげる。

「あ、あぁっ！　やっ、もう……」

極限まで張りつめていたなにかがひと息に弾ける。達するという甘美な味も初めて知るもののひとつだった。

熱く滾《たぎ》る杭が蜜口にあてがわれる。その質量に圧倒されて、恐れおののいたそこは硬くこわばってしまう。

「いっ」

指先とは比べものにならない重量感に環は「うっ」と眉根を寄せる。

「痛いか？」

「す、少しだけ。ごめんなさい、私が経験不足なせいで余計な手間をかけさせてしまって」

自分に年齢相応の経験がともなっていれば彼にこんな気遣いをさせることもなかっただろう。それを心から申し訳なく思う。シュンとする環に、彼はコツンとおでこをくっつけてほほ笑む。

「謝るようなことじゃない。むしろ俺は君が初めてだと知って嬉しかった。初めても二度目も……最後も相手が俺ならいい。そんなふうに思ってる」

その温かで優しい愛に、目頭が熱くなる。

（あぁ、やっとわかった）

ずっと処女を卒業したいと思っていた。どうして自分には縁がないのだろう？と恨みがましい気持ちになることもあった。でもそれで当然だ。なぜなら――。

（私が望んでいたものは、誰かとセックスをすることじゃなかった）

環が本当に欲しかったのはこれだ。好きな人に愛されて、求められる経験。

（大好きな人に、要先生に抱いてほしい）

高史郎はふっと目を細めて、環の頭をポンポンと叩く。

「そういうわけだから急ぐ必要はない。君に苦痛を与えるのは俺が嫌だ」

スッと離れていってしまいそうになる彼の身体を環は慌てて繋ぎ止める。

「環？ 本当に無理しなくていいから」

「この痛みは苦痛じゃないです。好きな人に愛される幸福な痛みだから、やめないでほしい」

高史郎の目が大きく見開かれた。かと思えば、今度はなにかをこらえるようにギュッと固くつむる。

「要先生？」

おそるおそるといった様子で、もう一度まぶたをあげた彼が弱りきった声をあげる。

「わかってるのか？ 君は今、最後の機会をふいにした。この先はもう……止まってやれない」

「止まらなくていいです。最後まで……して」

「わかった」

高史郎のものがゆっくりと自身のなかに入ってくる。環が痛がる様子を見せると彼はすぐに動きを止めてしまうからすごく時間がかかった。でも、この一瞬一瞬すらも愛おしく思う。眼差しからも指先からも、高史郎の愛情が伝わってくるから。

「——あぁっ」

ようやく彼のすべてを受け入れると、痛みとはまったく違うものが満ちてあふれた。それはきっと悦《よろこ》びだ。環の目尻から温かな滴が流れる。

「嬉しい。こんなに幸せなものだなんて知らなかった」

彼の舌がペロリと環の涙を舐め取り、そのまま唇にキスを落とされる。求め合うキスに呼応して彼が腰を揺する。高史郎が与えてくれるものならば痛みすらも甘美だった。

「あっ、んん。やぁ」

環は無我夢中で彼の背中にすがる。繋がっている場所がヒリヒリと熱くて、もどかしくて切なくてたまらない。

「まだ痛い?」

その問いに環はゆるゆると首を横に振る。痛みの奥に隠れていた快楽がだんだんと存在感を増してきているのが自分でもはっきりとわかった。それは波のように打ち寄せて環をさらっていこうとする。

圧倒的な幸福と快感に、酩酊《めいてい》したようなめまいを覚える。

「ずっと、こうしてたい」

頭の横に投げ出されていた環の手を取って、彼はキュッと指先を絡めた。

「なら、ずっとこうしていよう」

どこまでも優しく響く声。繋がったのはきっと身体だけじゃない。ふたつの心もパズルのピースがぴたりとはまるように重なった、そんな気がした。

◇　◇　◇

「な、なんというか日常に戻るとものすごく恥ずかしいですね。みんな、こういうときどんな会話をしているんだろう」

おおいに照れた様子の環が自身の身体を薄手のブランケットで隠しつつ、ベッドの端へと遠ざかっていこうとする。高史郎は本能的に手を伸ばしてそれを阻止した。

「別になにも話さなくていいが、そんなに離れていくな」

実際には狭いシングルベッドなのでたいした距離は開いていない。それでもわずかな距離すら今はもどかしい。高史郎は彼女の背中に腕を回し、どこへも逃げられないように自身の胸のなかに抱きすくめる。

「ひゃあ。ら、らしくないですよ！」

オロオロと慌てる彼女に高史郎の頬が緩む。

「ほ、ほら。自分だけ余裕みたいな顔しちゃって」

「そんな顔はしていない」

結局、いつもの自分たちだ。だけど確実な変化もあって、それを互いに認識している
ることを嬉しく思う。

抱き合ったままゴロゴロしていたら、環がふと思いついたように頭を起こす。

「そうだ。要先生、ひとつだけお願いしてもいいですか？」

「なに？」

平静を装って答えたが彼女の表情がやけに真剣なのでやや焦る。よくないお願いごとだったらどうしようか？

「そのですね……腕枕をしてもらいたいなと思って」

頬をほんのりと染めてかわいらしい願いを口にする彼女に高史郎の胸は打ち抜かれた。

かわいい、愛おしい、好き、そんなシンプルな感情が思考を支配する。今の自分のＩＱは普段の半分にも満たないのではないだろうか。

「……どうぞ」

にやける顔をどうにかごまかして彼女のために片腕を捧げる。彼女は子猫がするように高史郎の腕に小さな頭を預けて「ふふ。これ、憧れてたんです」とほほ笑む。

（――かわいい）

半分になっていたIQがさらにもう半分、数値を落とした気がする。

白状すると高史郎は子どもの頃から女の子という生きものが苦手だった。賑やかなお喋りに気のきいた相づちを打つ能力は自分には備わっていなかったし、逆に自分の話が彼女たちのあくびを誘うだけということも早いうちに悟った。にもかかわらず外見や聞こえのいい学歴に寄ってくる女性は意外と多く、うんざりさせられるばかりだった。女性という存在は高史郎にとって無彩色の背景も同然。

けれど、たったひとり。環だけは違った。その差は、古いPCのドット絵と最先端の3D映画くらいある。彼女の姿は細部まで色鮮やかで立体的で、声も匂いも……高史郎の五感すべてを刺激した。

（ずっと、どうして環だけが特別なんだろう？と不思議に思ってた。でも……）

そんなに難しい話じゃなかった。自分はただ彼女に恋い焦がれていただけなのだ。

もしかしたら映画館で手が触れ合ったあの日よりもずっと前から――。そしてその恋心は今夜、愛に昇華した。

環の瞳が好奇心いっぱいにキョロキョロと動く。

「この部屋、ものすごく要先生らしいですね。もちろん学生時代よりは大人っぽくなっていますけど」

「置いてあるものは当時と変わっていないかもな。医学書が増えたくらいか」

仕事用のデスクと医学書の詰まった本棚、ベッド、少ない私服をしまうための小さなクローゼット。高史郎の部屋にあるものはそれだけ。装飾品の類はいっさい置いていない。たしかに、おもしろみのない自分らしい部屋かもしれない。

ふと思いついて高史郎は環に尋ねる。

「今さらだが、こういうときはちょっといいホテルなんかに連れていくべきだったか？　間違っていたのだとしたら申し訳なかった」

環はキョトンと小首をかしげて、それからクスクスと笑い出した。

「私は家に招いてもらえて嬉しかったです！　気を許してくれてるんだなって感じがして」

彼女はあまり嘘をつけないタイプだと思う。わりと表情に出やすいほうだ。だから今の言葉も本心からだと信じられた。高史郎はホッと安堵して、彼女の枕になっていないほうの手で柔らかな髪を撫でる。

「部屋に人を招いたのは君が初めてだし、今後もおそらく君だけだろうな」

「また……来てもいいんですか？」

環の嬉しそうな顔が高史郎をこれ以上ないほど幸福にしてくれる。

「合鍵を渡すから、いつでも環の好きなときに来ればいい」

一拍置いて、彼女は耳まで赤くなった。両手で自分の頬を隠し、唇をとがらせてぼやく。

「ち、致死量のデレを不意打ちしてくるのはやめてください。心臓に悪い……」

自分が素直な好意を示すと、彼女はこんなにもかわいい顔を見せてくれるのか。それが嬉しくて、もっと見てみたくて、高史郎は彼女の耳元に顔を近づける。

「単純に俺が来てほしい。それだけだ」

　思いが通じ合って数日後。互いの仕事終わりに約束をして、気取らない街のイタリアンレストランで夕食をともにする。気合いの入った特別なデートも素敵だけれど、こんなふうに自分の日常に当たり前に彼がいてくれることもすごく嬉しい。

「メッセージアプリで連絡？」

「はい。そのほうが気軽にやり取りができていいかなって」

　実は高史郎とはまだメールアドレスにメールを送るという古風な方法で連絡を取っている。これだとどうしてもビジネスメールのような硬い文章になってしまう気がして、もっと仲良くなりたい環に物足りなさを感じていた。

「たしかにそうだな。俺は友人が少ないからあまり活用はしていないがアプリはスマホに入っているぞ」

　彼は自分のスマホを出して、環にメッセージアプリのＱＲコードがわかる画面を見せてくれる。登録を終えると環はホクホク顔で彼に向き直った。

「嬉しいです！　おはようとかおやすみとか、どうでもいいメッセージをたくさん送ってしまうかも」

普段の環はそんなにマメなほうではなくて麻美たちには返信が遅いと怒られるくらいだが、今の浮かれモードだと高史郎が嫌がるくらいのメッセージ攻撃を仕掛けてしまうかもしれない。

「うざかったら正直に言ってくださいね」

「いや」

（あ、また照れているのかな？）

口元を手で隠す彼の癖、見つけるたびに胸がキュンとなる。

「環の好きなように送ってくれていい。ただし……」

そこで彼はやや困った顔で眉尻をさげる。

「俺は筆不精だから。返事が遅くても怒らないでもらえると助かる」

メッセージアプリの場合も筆不精というのだろうか？　高史郎の生真面目な反応がおかしくて環は噴き出す。

「あはは。大丈夫です、要先生がマメじゃないのは想像の範疇なので」

予想どおりだし、彼と長く……あわよくばずっと一緒にいたいから無理はしてほしくない。

「用事があるときだけでいいですよ。そりゃ、たまには要先生から【おやすみ】とか届いたら嬉しいですけど」

はにかむ環に彼は真剣な顔で言う。

「おやすみ、その程度でいいのなら俺にもできそうな気がする」

（真面目！　かわいい！）

〝あばたもえくぼ〟ということわざの意味を実感する。高史郎がなにを言っても、どんな反応をしても、好きの気持ちが大きくなるばかり。

（要先生がどれだけつまらないジョークを言っても、今なら笑い転げる自信があるわ）

それどころか、つまらないジョークを言う彼の姿を想像するだけで顔がにやけてしまった。

「さっそく今夜、送ってみる」

「ふふ、楽しみにしてますね」

恋がうまくいくと、それだけで世界がバラ色になる。環はいつも以上に張りきってバリバリと仕事をこなしていた。

「あれ、速水さんじゃないか？」

緑邦大病院の敷地内にあるコンビニで顔見知りのドクターに声をかけられる。といっても、彼はこの病院のドクターではない。環が昨年度まで担当していた開業医の先生だ。

「先生、ご無沙汰しております」

「そういえば君は今、ここの担当なんだってね。大出世じゃないか、おめでとう！」

「いえいえ。先生は……もしかしてお身体の具合でも？」

彼は医者の不養生そのものな生活を送っていて、お酒とタバコが大好きなのだ。

もしや患者として病院に来たのではと心配して尋ねてみたが、彼は苦笑して首を横に振る。

「僕はこう見えて頑丈だから心配無用だよ。ここで働くかつての同僚に用があってね」

そういえば彼も独立前はこの病院で勤務医をしていたと聞いたことがあった。

「それは安心しました。でも、お酒とタバコはもう少し控えたほうがいいと思いますよ」

「あはは。僕も患者にはそう言うんだけどね〜」

多忙な先生を無駄話で引き止めるわけにはいかないので環は適度なところで雑談を切りあげ、「それじゃあ、私はこれで」と頭をさげる。

「あ、待って。もうひとつだけいいかな？」

やや迷うそぶりを見せてから、彼が話し出す。

「アスティーさんの、君の後任で来たＭＲなんだけど……ちょっと困ってて。なにかと理由をつけては贈答品を渡してこようとするんだよ」

ＭＲが贈りものや接待でドクターに気に入られ、売上を伸ばす。そんな過去の悪習は患者の利に反するということで、今は業界内のルールで規制されている。

「まぁグレーゾーンの範疇なのかもしれないけど、うちみたいな地域密着の個人病院は信用第一だからさ。速水さんからそれとなく言っておいてくれないかな？」

「はい。弊社の人間がご迷惑をおかけして申し訳ありません。後任の者に必ず申し伝えます」

「よろしくね」

（先生の病院の後任はたしか……菊池さんだわ）

この前目撃してしまった武人の冷酷な表情が脳裏に浮かぶ。このところの彼の成績はとても好調らしいが、それを維持するためにやや危ない橋を渡ろうとしているのかもしれない。

社に戻ってからも環はう～んと頭を悩ませていた。

（上の人間に告げ口みたいなマネはしたくないし、かといって私が直接菊池さんに注意するのも……偉そうになってしまうかなぁ）

中途入社組の彼は環より年上で、部下でも後輩でもない。彩芽の件の反省もあり、どこまで関わっていいのか迷ってしまう。

（でも、伝えるって先生と約束しちゃったしな）

環は意を決して席を立ち、武人のもとに向かう。

アスティー製薬はよくも悪くも古い体質の企業だ。新卒入社組を優遇する傾向があり中途入社で出世するのは難しいとも聞く。そういう事情もあるから武人も必死なのだろう。

（ルール違反で評判を落とすような事態は菊池さんのためにもならないよね）

武人は自分のデスクで、ＰＣ画面を見つめていた。

「菊池さん」

上からの意見にならないよう気をつけながら話をする。

「え、あの先生そんなこと言ってた？　まいったな、ジョークのつもりだったのに」

どういうジョークなのかはよくわからないけれど、ルールはきちんと認識している様子だった。ならばこれ以上は、自分がとやかく言うことでもない。

「それならいいんです。差し出がましい口をきいてすみませんでした」

「いやいや、心配してくれてありがとね。……けど」

いつもの彼らしい爽やかな顔からスッと笑みが消えた。

彼の座る椅子がギッと不快な音を立てる。武人が背もたれに踏ん反り返るような姿勢をとったからだ。立っている環に、下から挑発的な視線が注がれる。

「ライバルを心配してくれるなんて、速水さんは余裕だなぁ」

あまり感じのいい声音ではない。からかうような、あざけるような色がにじむ。

「ライバルだけど同志。そう言ってくれたのは菊池さんじゃないですか」

「ま、そうだね」

彼はすぐにいつもの明るい表情を取り戻したけれど、環の心中に不穏なさざ波が立つ。やはり武人には会社では見せていない別の顔があるのだろうか？


翌日。今日は朝から複合コピー機の調子が悪く、リース会社の営業担当者が修理に来ていた。彼とのやり取りは彩芽がしてくれている。環に注意されて以来、彼女は一度も遅刻していないし勤務態度にも気になる点はない。

根は真面目な子なので派遣契約の期間中はしっかりやろうと思い直してくれたのか

もしれない。

「こ、これで問題ないとは思いますが不具合が続くようなら機器ごと交換しますので」

リース会社の担当者は若手の男性で、おとなしい性格なのかオドオドした様子で彩芽に頭をさげている。

「ありがとうございます。また不具合が起きたら連絡しますね」

そう伝えて、彩芽は彼を見送った。

戻ってきた彼女に環はねぎらいの言葉をかける。

「彩芽ちゃん、イレギュラー対応ありがとうね」

「いえ。今日はほかに急ぎの仕事もなかったので……」

自分と話すのはまだ気まずいのだろう。以前に向けてくれていたような笑顔はない。

それを寂しく思っていると、「あの、速水さん。少しいいですか？」と彩芽が妙に硬い声で言った。人目を避けたいという彼女の要望でやってきた給湯室で話を聞く。

「え!?　さっきの営業さんが？」

「そうなんです……」

しつこくデートに誘ってきたり連絡先を交換しようと言ってきたり、困っているのだと彼女は言った。

「彼と彩芽ちゃん、そんなに話す機会があったの?」

彩芽を疑うつもりで尋ねたわけではない。リース会社の彼がアスティー製薬の担当になったのは今年に入ってから、それまではもっと年配の男性が来てくれていた。なので純粋に、彩芽と顔を合わせる機会がどの程度あったのか?と疑問に思っただけだ。

しかし環の言葉に彩芽は焦ったような反応を見せる。

「た、たくさん……ではないですけど、彼が来たときはいつも私が対応しているので。そ、それなりに会話をする機会があって!」

「そうだったんだ。私は外出が多いから、彩芽ちゃんが困っていたのに気づけなくてごめんね」

環が納得した様子を見せたことで彼女はホッと胸を撫でおろす。申し訳なさそうに環から視線を外しつつ言う。

「この前は速水さんに嫌な態度をとったのに……こんなときばかり頼ってすみません」

「いやいや、それは気にしないで。むしろ相談してもらえてよかった。なにかあってからじゃ遅いもの」

彩芽はMRではないけれど自分のチームの一員、チームのトラブルに対応するのもチーフの仕事のうちだ。

「私、たいして美人でもないから最初は自意識過剰かな？って思っていたんです。でも最近の彼はなんだか怖くて……」

口調がたどたどしいのは、きっとおびえからくるものだろう。彼女のピンチを環も深刻に受け止める。

「わかった。すぐに先方に連絡を入れて担当者変更を申し入れてみるわ」

「や、やめてくださいっ！」

ところが、環が提案した対応策に彩芽が待ったをかけた。ブンブンと強く首を横に振りながら彼女は訴える。

「そこまではしなくていいです。大事《おおごと》にしたいわけじゃなくて、ただ彼との接点を減らしてもらえたらそれだけで」

あまりに必死な彼女の表情に環は驚く。

「結婚後は仕事をやめるかもしれませんが、結婚資金のためにも契約満了まではここで働きたいんです。だから、トラブルを起こしているなんて派遣会社に知られるわけにはいかなくて……」

彼女は環に深々と頭をさげる。細い肩がかすかに震えていた。

「お願いします、速水さん。この件は誰にも言わないでください」

彼女の言い分は十分に理解できるものだし、本人の希望に沿うべきだろうと考えて環はうなずく。

「了解。なら、彼が来たときの対応は別の人にお願いすることにするね。それで様子を見ましょう」

「はい、ありがとうございます」

彼女は重ねた両手を自分の胸に当て、「ふぅ」と細い息を漏らした。

「そういえば、彩芽ちゃんの恋人ってもしかして社内の人だったりする?」

環はふと思いついた疑問を彼女に投げかける。

(うちの会社、意外と社内恋愛が多いし彩芽ちゃんもそうだったりして……)

今回の件を穏便におさめたい理由も、恋人に迷惑をかけたくないからでは? そんなふうに思ったのだが……。

「い、いえ違いますよ! 全然、ここととはなんの関係もない企業の人です」

すごい剣幕で否定され、環はちょっとたじろぐ。

「そうなんだ。変なこと聞いてごめんね」

(じゃあ、私の勘違いだったってことか)

彩芽は武人のことが好きなのかな?と感じる瞬間が何度かあったのだが、恋愛若葉マークの自分の勘はやはり当てにならなかったようだ。

アプローチのしつこい彼が修理してくれたコピー機は、すっかり直った様子で問題なく動いている。故障などがなければ、リース会社の担当者は様子うかがいにひと月に一度顔を出すかどうかといったところ。彩芽のことはしばらく心配ないだろう。そう思っていたのだけれど……。

金曜日の夜。珍しく残業せずに会社を出た環はスマホのメッセージアプリをチェックして、ふふっと頬を緩める。高史郎からメッセージが届いていたのだ。

【昼に食べたカレーパンがうまかった。今度、環のぶんも買っておく】

(他愛ない内容のやり取り、すごくカップルっぽい!)

馬鹿みたいだけどじーんと感動してしまう。

『用事があるときだけでいいですよ。そりゃ、たまには要先生から【おやすみ】とか届いたら嬉しいですけど』

この前、彼に伝えた言葉。環は前半部分を重視したつもりだったが、彼は後半の言葉をしっかり受け止めてくれたみたいで……想像以上のマメさで環のもとには彼からの【おやすみ】が届いていた。それだけでなく、こういう何気ないメッセージもがんばってくれている。

(カレーパンを食べるときに私を思い出してくれたってことだよね?)

雑談が大の苦手な彼が自分にメッセージを送るために、必死にネタを探したり考えたりしてくれる。彼のことだから、きっとものすごく真剣に頭を悩ませていることだろう。その姿を想像するだけで頬が緩んで、幸せを実感する。

(好き。要先生が大好き)

その感情が一瞬で膨れあがって、ジタバタと悶え出したくなった。初めて彼に恋をした十年前より今のほうがさらに浮かれている。

そんなとき、急に手のなかにあるスマホが振動したので環は「ぎゃっ」と必要以上に焦ってしまった。慌てて確認すると、彩芽からの着信だった。

彼女は自分より十五分ほど早く会社を出ていたはず。

「もしもし、彩芽ちゃん?」

『た、助けてください!』

彼女の声はか細く震えていて、なにか困った事態なのだろうという空気はスマホごしにも伝わってきた。

「どうしたの? 落ち着いて、ゆっくり話して」

やや支離滅裂になっている彼女の説明を環は真摯に聞く。

「え？　あのリース会社の彼が彩芽ちゃんを尾行？」

『いえ、はっきりと顔を見たわけじゃないんですけど……似ている気がします』

会社を出て駅に向かっていた彼女のあとを誰かが尾けている。その人物が例の彼かもしれないという話だった。

（あの営業さん、そんなことまでする人かな？）

アプローチがやや強引というところから、いきなりストーカーまがいの行為に及ぶ急展開さに環の頭も混乱状態におちいる。

（いや、でもストーカー事件ってそういうケースもありそうだし）

彩芽の話もどこか要領を得ない気もするが、ストーカーに追われている状況で理路整然と説明するのは難しいだろう。

『お、お願いします。恋人はまだ仕事中で、頼れる人は速水さんしか……』

その言葉で環は迷いを捨てた。今は最悪のケース、彩芽がストーカーに狙われて危険な状態にあると考えて動くべきだ。まずは彼女の安全確保が最優先、そう結論づける。

「彩芽ちゃん、今、どこ？」

『近くのシティホテルのロビーです。人がいるところにと思って』

そのホテルは会社の最寄り駅である日本橋と東京駅のちょうど中間辺りにある。

「うん、賢明な判断だと思う」

高級でも安っぽくもない、ごく普通のシティホテルだ。多くの客の目があるから安心だろう。

「そのままそこにいて。私もすぐに行くから」

ずっとホテルのロビーにいるわけにはいかないだろうし、ひとりにするのは心配だ。まずは彼女と合流し、警察に行くべきかはそのあと相談しよう。

環は通話を切るとすぐに駆け出した。

◇◇◇

その日はいつにも増して多忙で、高史郎はずいぶんと遅いランチを病院内にあるスタッフ用の休憩ルームで済ませていた。病院の向かいにあるパン屋のカレーパンと紙パックの牛乳。高校時代を思い出すようなメニューだが、ちゃんとしたパン屋のそれは高校の購買で買うものよりずっとおいしい。

（今度、環にもすすめてみよう）

どうでもいいような日常の出来事も彼女には話したくなる。雑談も他愛ないメッセージのやり取りも案外楽しい、そんなふうに思いはじめている自身の変化に自分が一番驚いていた。

「いくら准教授だからって今の時代にありえないでしょ！　いつか訴えられるんじゃない？」

「瀬田先生だと冗談にならないよ～」

近くに座って弁当を食べている看護師たちのお喋りが高史郎の耳にも飛び込んでくる。瀬田のセクハラに対する不満をぶちまけているようだ。本人は不在とはいえ、同じ科の医師である高史郎がいるのに意外と大胆だ。まぁそれだけ腹に据えかねているのだろう。

（環は彼の担当でもあるんだよな）

彼女は別に高史郎専属のMRというわけではない。脳神経外科と外科のドクター、それから薬剤部の人間とも面会をする。

（ほかの先生はともかく、瀬田准教授は心配だな）

思い返してみれば、環を見る彼の目にはいつも気持ちの悪い色欲がにじんでいる気がした。

そんな思いがあったせいか、今日はやけに瀬田の動向を意識してしまう。

夕方、高史郎が手術を終えて医局に戻ると、瀬田とスーツ姿の男が立ち話をしていた。アスティー製薬ではない別のところのMRだ。

「う～ん。君とは長い付き合いだし熱意はわかるんだけどね」

言葉こそ丁寧だが瀬田の表情は少々面倒くさそうだ。お断り、と言いたいところなのだろう。だがMRの彼も負けじと食いさがっている。

（MRというのも大変な仕事だよな）

そんなことを思ってふたりの横を通り過ぎようとしたとき、瀬田がニヤリと含みのある笑みを見せた。

「まぁ、ここだけの話だけど……アスティー製薬の女性MRは器量がよくてねぇ」

アスティー製薬の女性MR。その単語に高史郎はぴたりと足を止めた。すっかり声をひそめてしまった彼の話に耳をそばだてる。

「実は今夜も……いや、なんでもない。まぁ私からのアドバイスとしてはだね、君のところもまずは美人MRでも採用してみたらどうかな」

瀬田は時代遅れの価値観を持つ、昭和の遺物のような人間だ。ヘラヘラと品のない笑い声をあげる彼に高史郎は激しい嫌悪を覚える。

（今夜？　なにかあるのか？）

たった今聞いた瀬田の話を無視してはいけない。そう訴える警鐘が高史郎の頭に鳴り響き、不吉な予感に胸がざわめいた。

瀬田がかわいがっているドクターのひとりに話しかけ、さりげなく彼の今夜の予定を探ってみる。

「瀬田先生は今夜、お忙しいだろうか？　ゆっくり相談したい件があるんだが」

「あぁ、今夜はダメでしょうね。東京駅近くのホテルに行くんだと思います」

高史郎にとってはありがたいことだが、なぜ瀬田の予定にそんなに詳しいのだろうか。やや疑問に思っていると彼が愚痴をこぼし出す。

「准教授は僕を秘書かなにかだと思っているみたいで。そのホテルにバーは入っているか？　値段はどの程度か？って、そのくらいは自分で調べてほしいですよ」

気持ちはよくわかる。しかし、これに関しては瀬田だけが特別でもない。医局で出世すると、王さま気分になって若手のドクターをこき使う人間はとても多い。

彼の愚痴をひとしきり聞いたあとで、高史郎は話を本題に戻した。

「東京駅のホテル……今日は講演や研究会の予定はないよな」

「バーを調べろと言ってたくらいだから奥さんと食事でもするんじゃないですか？　それかお気に入りのキャバクラ嬢かな」

（いや、さっきの口ぶりから考えると一緒に行くつもりなのは……）

東京駅は環の勤めるアスティー製薬の本社とも近い。

「とにかく今夜は無理だと思いますよ」

彼はそう結論づけて話を切りあげる。

「ありがとう。なら明日にするよ」

なんでもない顔を装いながらも、高史郎の胸の不穏なざわめきはますます大きくなっていた。

◇◇◇

彩芽のいるシティホテルまでは走れば十分とかからなかった。エントランスの自動ドアを抜けてロビーに飛び込んだ環は、肩で息をしながら彼女の姿を捜す。金曜日の夜なのでそれなりに混雑しているが、客は男性ばかりで彩芽を見つけるのは難しくなさそうだ。それなのに彼女の姿はどこにもない。

「え、どこに行っちゃったの？」

これだけ人目のある場所でストーカーが彼女をさらって逃げたなんてことはさすがにないだろう。環は辺りを動き回る。

「あっ」

肝心の彩芽は見つからないのに意外すぎる人物と遭遇した。フロントから少し奥まった場所にあるエレベーターの前に緑邦大病院、准教授の瀬田がいたのだ。

「やぁ、こんばんは。速水さん」

「どうも。偶然ですね。けれど、すみません」

とても急いでいる、そう伝えて話を切りあげようとする環の肩に彼はいきなり腕を回してきた。生温かい彼の吐息が耳にかかり、ゾワッと鳥肌が立つ。

「なるほど、なるほど。これは偶然、そういう設定なわけだね」

（な、なにを言ってるの、この人？）

瀬田の発言の意図がつかめず、環は困惑に目を瞬く。

「つまり、このあとのことも男と女の間にはよくある……」

「ま、待ってください。准教授がなにをおっしゃりたいのか、私にはさっぱり」

瀬田はニヤニヤと目を細める。

「もう演技はいらないよ。待ち合わせ場所にホテルを指定したのは君だろう。さすがアスティー製薬のエースは賢いなと感心したよ」

「いや、あの本当に……」

「君がここまでの覚悟を持ってくれているなら新薬の件は悪いようにはしない。私に任せてくれ」

その台詞でようやく瀬田がなにを考えているのかわかった。つまり彼は、環がいわゆる枕営業――身体を使ってでも新薬の導入を確実なものにしようとここに来たと思っているらしい。

もちろん環にそんな思惑はまったくないし、彼がこのホテルにいること自体が想定外。

(どういうこと？　なにが起きているの？)

混乱する環の眼前に瀬田が迫ってくる。

「今さら怖いだなんて、初心なふりをしても無駄だよ」

これはもはや、セクハラの域をこえている。ギラギラと異様な光をたたえた瀬田の目に背筋がゾッとして本能的な恐怖が立ちのぼってくる。

相対するふたりの構図は飢えた獣と逃げ場を失った草食動物といったところ。その状況に鋭い声が突き刺さる。

「瀬田准教授！」

背中で聞いたその声にホッとして、思わず涙があふれそうになった。

（どうして私のピンチにはいつもいつも……彼が来てくれるんだろう）

環は振り返り、駆けつけた高史郎の姿を瞬きもできずにじっと見つめる。彼は環をかばうように前に出て、鬼の形相で瀬田をにらみつけた。

「ご自身の地位が危うくなっているのを理解されていますか？」

「みょ、妙な勘繰りをしないでくれ。偶然会ってあいさつをしていただけだ」

自分でも苦しい言い訳だとわかってはいるのだろう。彼は高史郎が重ねてなにか言うより先に脱兎《だっと》のごとく逃げてしまった。

「大丈夫か？」

そう尋ねる高史郎の顔のほうが環よりよほど青白いように思えた。環がゆっくりとうなずくと、彼は「場所を移してからゆっくり話を聞かせてくれ」と提案してきた。

先日の講演会のようなイベントがあるならともかく、そうではないときに医師とMRがホテルにいるのは褒められた行為じゃない。彼の主張はよくわかるが環にはまだここを離れられない事情がある。彩芽を捜さなければ。

それを彼に説明しているとき、環のスマホが振動した。相手は彩芽だった。

「ごめんなさい」と高史郎に短く告げて応答する。

「彩芽ちゃん？　どこにいるの、大丈夫⁉」

わずかな沈黙のあとで彼女の声が届いた。

『あの……ご、ごめんなさい。恋人が迎えに来てくれたのでもう平気です』

「えぇ⁉」

一瞬、ストーカーにつかまってそう言うよう脅されているのでは？という最悪の事態も頭に浮かんだが、彼女の声にもスマホから伝わる空気にもそこまでの緊迫感はない。コンビニにでもいるのか、店員が接客をしている声も漏れ聞こえた。

「とりあえず一度会えないかな？　例の彼がどうしたのかも気になるし」

彩芽の無事をこの目で確かめたい気持ちもあってそう提案したけれど……。

『すみません。彼が呼んでるので行かないと』

そのままプツリと電話は切れてしまった。

誰に見られても問題ない、駅前のチェーン店のカフェに移動して高史郎に詳しい事情を説明する。

「やっぱりストーカーとなにかトラブルになったんじゃ……」

環を呼んでおいて、急に恋人と帰ってしまうなんてありえるだろうか？　環はただただ彩芽の身を案じていたが、話を聞き終えた高史郎はまったく別の見解を示した。

「君の同僚を悪く言いたくはないが……その彼女にはめられたと考えたほうがすべてに説明がつく気がする」

「はめられた？」

「昼間、瀬田准教授は君となんらかの約束をしているようなことを喋っていた。君と彼がホテルで出会ったのは偶然ではなく誰かの思惑が働いていたんだと思う」

高史郎の説明は理路整然としていて納得感がある。だけど……。

「彩芽ちゃんが私の名前を騙《かた》って瀬田准教授と約束したってことですか？」

「あぁ、もしくは君からの伝言という形で伝えたか」

環は必死に頭を振った。

「いやいや、ないですよ。彩芽ちゃんは事務を担当する派遣社員なのでドクターと直接連絡することはありえません」

「しかし、社内にいるなら君の担当ドクターの名前と連絡先くらいは調べようと思えば調べられる。彼女に恨まれるような心当たりはないか？」

（彩芽ちゃんが私を恨む？）

が判明した。

　悲しいけれど、彩芽のストーカー話を嘘だったと考えるほうが筋は通る。

（でも、なんのためにあんな手の込んだ嫌がらせを？　私、そこまで彼女に憎まれるようなことをしてしまったのかな）

　彼女の目的が見えないから、なんだか気味が悪い。

　モヤモヤしながら資料作成などの事務作業をこなしていたら「速水くん」と部長に呼ばれた。彼は文字どおり苦虫を噛みつぶしたような顔をしていて、いい用件ではないことが察せられた。

　広い応接室で部長と向き合う。呼び出された理由に心当たりはない。

　彼は厳しい表情のまま、むっつりと押し黙っている。

「あの、なにかあったのでしょうか？」

　焦れてしまって自分から口火を切った。部長の手がスッとデスクの上をすべる。

（写真？）

「これがどういうことか、説明してもらいたい」

　彼の手が離れ、その写真に写るものを認識した環はヒュッと喉の奥で息をのんだ。

（なに……これ？）

瀬田と自分のツーショットが何枚も並べられている。彩芽を助けにホテルに行ったあの夜のものだ。彼の手が環の肩に回っている近距離のショットから、ご丁寧にホテルのフロントが入る引きの構図で撮られているものまで。おそらくこれを見た人は、環と彼がそういう関係なのだと想像するだろう。

部長もあきらかにそれを疑っている様子だ。

「月曜日、社に匿名の手紙が届いたんだ。君がどういう手法で成績をあげているかを訴える内容で、証拠としてこの写真が同封されていた」

(この写真、撮ったのは彩芽ちゃん？)

信じたくないが、そう考えざるを得ないだろう。

苦々しい顔で写真を見つめる部長に、環は訴える。

「待ってください。誤解なんです」

自分は枕営業など断じてしていない。しかし、環の弁明は部長の冷たい声に遮られる。

「医療関係のイベントでもあったならともかく、なんでもない日に自身の担当するドクターとホテルにいる。しかも瀬田准教授は既婚者だぞ。実態はどうあれ、こんな写真を撮られる状況にあったというだけで大問題だ」

「おっしゃるとおりです。ですが、どうか私の言い分も聞いてください」

環は頭をさげて訴える。その頭上に部長の失望がにじむため息が落ちた。

「私だってこの手紙をそのまま鵜呑《うの》みにしたわけじゃないさ。緑邦大病院と社内、それぞれ内々に調査もかけた」

そのとき、トントンと応接室の扉をノックする音が響いた。部長はそちらを一瞥すると「入ってくれ」と短く告げた。

室内に足を踏み入れるふたりの人物に環は驚愕《きょうがく》する。

(彩芽ちゃんと……菊池さん⁉)

この一件に関わっていると思われる彩芽はともかく、なぜ武人まで？　頭に浮かぶのは疑問符ばかりで答えは見つからない。

環の隣に武人、その横に彩芽が座る。彩芽はおびえたように視線を惑わせているが、そんな彼女とは対照的に武人は堂々と背筋を伸ばして部長を見据えた。

「菊池くん。昨日、君が私に話してくれたことは本当に間違いないんだな」

「えぇ」

武人はおおげさなほどに神妙な顔つきで口を開く。

「昨年度までは彼女が、今年度は私が担当させてもらっている開業医の先生がこぼしていました。速水さんから、そういう誘いを受けて困ったことがあると」

環は大きく見開いた目で武人を見つめたが、彼の視線がこちらを向くことはなかった。

「それに藤原さんの証言もありますから」

武人は隣の彩芽に話をするよう促す。彼女はほんの一瞬、ためらうように口元の動きを止めたけれど「藤原さん」と言う武人の声に押されてぽつりと言葉を落とした。

「速水さん本人から……聞きました」

彼女はなにを言おうとしているのだろう？

「優秀な成績の秘訣を聞いたら……つまりその……色仕掛けだって」

「藤原さんは派遣社員、ある意味部外者だ。それで速水さんも気が緩んで、うっかり秘密を暴露してしまったんじゃないでしょうか」

もっともらしく武人が結論づける。その態度で確信が持てた。

（今回の首謀者は菊池さんだったんだ）

彩芽が仕掛けたことかと思っていたけれど、彼女と武人の力関係の差はあきらかだ。主導権を握っているのは武人のほう。

なぜ彼が自分をおとしいれようとするのかはわからない。けれど彼のほうが彩芽よりずっとその意志が強いのは見て取れた。

（それなら……）

虚偽を認めて真実を打ち明けてくれる可能性が高いのは彩芽のほうだろう。環は彼女に顔を向けて訴える。

「私がこのホテルに行ったのはストーカーに尾行されていたあなたを助けるためだった。そうでしょう？」

「し、知りません」

環の視線から逃れるように彼女はうつむく。環はジャケットのポケットから自分のスマホを取り出した。

「あの夜、彩芽ちゃんと電話した履歴もちゃんと残っているのよ」

揺さぶりをかける目的でそう言ってみた。

「あれはっ！　仕事のことで聞きたいことがあっただけです。ホテルなんて私は知らない」

（要先生の言ったとおりだ。通話の内容が確認できなければ意味はないか）

環と彩芽のやり取りを部長がいぶかしげな顔で見つめている。

（信じてもらえるかはわからないけれど、まずは説明を！）

「部長。お願いです、私の話も――」

ところが、環の言葉を遮って武人が強引に話をまとめようとしてきた。

「彼女の言い逃れに耳を傾ける必要はないですよ。速水さんのことはよきライバルだと思っていたのに……往生際の悪いところは見たくなかったな」

この部屋に来てから初めて、彼が環と目を合わせた。その瞳は嗜虐的な悦びでギラギラと輝いている。よきライバルではなく心底憎らしい仇敵をようやく仕留められる、そんな顔つきだった。

(どうしてなの?)

彼がなぜこんなマネをするのかまったくわからない。彩芽も武人も……仲間であるはずの同僚に裏切られたショックに目の前が真っ暗になる。

彼が自分を見つめていたのはほんの数秒、武人はすぐに部長に向き直る。

「それに当事者である瀬田准教授の証言もあるじゃないですか」

環は弾かれたように顔をあげ、部長に尋ねた。

「准教授にも話を聞かれたんですか?　彼はなんて?」

彼が真実をありのままに語ってくれたら、少なくとも環がそういうつもりであのホテルにいたわけじゃないことは証明されるはず。

その後、環は仕事の引継ぎという名目でそのまま応接室で武人とふたりきりになった。彼は白々しい、にこやかな笑みを向けてくる。

「心配しないで、速水さん。君ががんばってきた新薬の普及は、俺がチーフとしてしっかり達成してあげるから」

環はキッと強い目で彼を見返す。

「汚い手を使って人の仕事を奪う……恥ずかしくないんですか？」

スッと能面のような顔になった彼が次の瞬間、「ははっ」とおなかを抱えて笑い出す。これまでとは別人のように豹変し、ニヤニヤと環を見おろした。

「どんな手を使ったとしても、これで俺がナンバーワンだ」

ナンバーワン、それが目的だったのだろうか？

「私を蹴落とすためだけにこんなマネを？」

武人は答えない、でももう答えを聞く必要もない。どんな理由だろうと彼が卑劣であることに変わりはなく、許す気など起きないだろうから。

「患者さんにいい薬を届ける、私たちは同じ目標を持った同志だって……あの言葉も嘘だったんですか？」

「顔も知らない患者なんて知るかよ」

なにがおかしいのか、彼はクスクスと笑い続けている。

「俺がＭＲをしているのは単に給料がいいからだ。あんたから奪った新薬の実績で、今度はより給料のいい外資系の製薬会社に転職する。あんたもこの会社も、俺にとっては踏み台でしかない」

自分にはともにがんばる仲間がいるのだと、彼の言葉を嬉しく思っていたのに。罠《わな》にはめられた以上に、あの言葉が偽りだったことがショックだ。膝の上に置いた環のこぶしが悔しさに震える。

「彩芽ちゃんの恋人は菊池さんですか？」

彩芽がした例のストーカーの話は、環をうまくホテルに誘導するための布石だった。あの段階から武人と彩芽はグルだった、そう考えるのが自然だろう。

（あの話をしていたときの彩芽ちゃん……今から思えば、決められた台詞を読みあげているような不自然さがあったもの）

リース会社に担当者変更を申し入れようという提案に彼女が反対したのも、そこまでされたらストーカー話が真っ赤な嘘だとバレてしまうから。それで焦ったのだろう。

「結婚する予定なら、あなたの成功は彼女にとっても意味がある。だから彩芽ちゃんはあなたに協力したんですね？」

自分の推理は正しいと信じていたが、武人は苦笑して首を横に振った。

「結婚ねぇ……それを信じてるのはあいつだけだけどな。低収入の地味女、あんな不良債権を誰が引き取るかよ。あんたの近くにいて、一番騙《だま》されやすそうな馬鹿女を選んだだけだ」

「――最低っ」

環は彼をにらみつける。こんな男をずっといいライバルだと思っていた自分が情けなかった。

「残念だけどなぁ、最低な人間ほど出世するのがこの業界だろ」

その日の夜。高史郎から着信があったけれど、環は罪悪感を振り切って指先を【拒否】のほうにスライドした。昼間の部長の言葉が頭をよぎったからだ。

『瀬田准教授以外にもこういう営業をかけたドクターがいるのなら白状しなさい。対応を考えなくてはならないから』

今の環には枕営業の疑惑がかけられている。枕営業にはもちろん相手が必要だ。

（つまり、私が担当していた男性ドクターはみんな疑われている状況なのよね。新薬の件で接点の多かった要先生にはきっと真っ先に嫌疑がかかる）

瀬田は緑邦大病院には黙っておくつもりのようだが、彼の思いどおりになるとはかぎらない。どこからか話が回って、やはりきちんと調査を……となる可能性だってある。

今このタイミングで自分と連絡を取っていたと知られれば、高史郎は確実にクロと判定されてしまう。そんな迷惑はかけられない。

アスティー製薬と緑邦大病院が事態を完全に収束させるまでは、うかつな行動はできない。今は彼と電話もメールもすべきではない、環はそう結論づけた。

（ごめんなさい、要先生）

そのあとも高史郎は何度も何度も電話をくれて、そのたびに環はスマホに手を伸ばしかけた。「助けて」と彼にすがってしまいそうになる自分が怖くて、五回目の着信のあとはスマホの電源を落としてしまった。

翌日。来るなとは言われていないので普通に出社したものの、まさに針のむしろという状況だった。トラブルの詳細は伏せられているようだったが緑邦大病院のチーフをおろされ、代わりの仕事も与えられていない。その処遇から、環がなにかやらかしたらしいことは誰もが察したのだろう。

「いったいなにをしたんだ？」という好奇の眼差しが痛いほどに注がれる。内々で処理するとはいっても、人の口に戸は立てられない。〝枕営業〟の噂が広まるのもきっと時間の問題だろう。部長をはじめとした上層部、武人、彩芽と話を知っている人間は決して少なくないから。

（なにより菊池さんが黙っているとは思えない）

あることないこと噂を広めて環を再起不能にする。彼ならそこまでやるだろう。この業界は決して広くない。環のMRとしての未来は閉ざされたも同然だった。

『なにがあったんですか？　力になりますよ』

『新薬の普及には速水チーフがいないとダメですよ。会社はなにを考えているんですかね⁉』

緑邦大病院チームのみんなだけはそんなふうに心から心配してくれたけれど、迷惑をかけているのになんの説明もできず、曖昧に言葉をにごすことしか今の環にはできない。心苦しくてたまらなかった。

（仕事がないと、一日ってとんでもなく長いんだな）

今日の学びはそれだけ。終業のベルと同時に会社を出られるなんてあまりないことなのに、ちっとも嬉しくない。

いつもよりずっと明るい夕空からポツンと雨粒が落ちてくる。雨予報は出ていなかったから傘は持っていない。不運は不運を呼ぶのだろうか、そんなことを考えてますます落ち込む。

(仕方ないな。駅まで走るか)

そう思って前を向いた瞬間、環は目を見開いた。

(な、なんで……)

「環」

逃げ出そうとした環の行く手を阻むように高史郎が立ちはだかる。

「ど、どうして」

彼の顔を直視できない。今優しくされたらきっと甘えてしまう。

環は慌てて顔を背けた。

「君が電話を無視するからだろう。あんなことがあった直後に、連絡の取れなくなった恋人を心配してなにが悪い？」

恋人、彼が当たり前のように自分をそう呼んでくれることがどうしようもなく嬉しくて……同じくらい苦しかった。

(麻美、あの言葉は正しくなかったよ)

心のなかで親友に呼びかける。

〝一線を越えていない男ほど忘れられない〟

そんなの嘘だ。一線を越えてしまったほうが、一度この手で抱き締めてしまった幸福のほうが、ずっとずっと手放すのがつらいじゃないか。

（彼だから、忘れられなかった。要先生だから、離れたくないと思うの）

「帰ってください」

喉の奥から必死に声を絞り出す。

サアサアと降り出した細い雨が高史郎の黒髪をしっとりと濡らし頬を伝う。まるで彼が泣いているみたいで、環は胸がえぐられるような痛みを覚えた。

今日一日、会社で過ごしてみて自分の置かれた立場がはっきりと理解できた。会社はやはり緑邦大病院の准教授との揉《も》めごとなどさっさと片づけたいと考えているようだ。環が無実を証明することなど社は望んでいない。

自身に貼られた〝枕営業をしたらしい女性ＭＲ〟というレッテルをはがすのは、もう不可能に近いだろう。

（私との繋がりは要先生のキャリアに傷をつける）

一刻も早く自分との関係を切らなくては、彼の医局での立場が危うくなる。あの世界は外から見ているよりずっと競争が熾烈で、一度の失敗が致命傷になるのだ。

『私は……臨床医になった要くんを見てみたいな』

かつての自分の無邪気な声が耳に蘇る。今ここで彼にすがったら、あの頃の自分に怒られてしまう。

高史郎は素晴らしいドクターだ。これまでもこれからも、彼を必要としている患者が大勢いる。救うべき命がたくさんある。仮にも医療業界の片隅にいる人間として、彼の未来を邪魔することだけは絶対にできない。

(お別れは手紙かメールでしようと思っていたのにな……)

もう少し状況が落ち着いたら、彼に別れを告げようという決心はできていた。古風だけど物理的に燃やしてしまえる手紙がいいかもしれない、そんなふうに考えていたところだったのに。

こうなってしまった以上は、ここで面と向かって言うしかないじゃないか。

胸に渦巻く葛藤と未練を断ち切って環は前を向く。まっすぐにこちらを見ている彼と視線がぶつかった。その瞳から彼の心配と愛情が伝わってきて、固めたはずの決意が揺らいでしまいそうになる。だから、ひと息で告げた。

「私はあなたの恋人にはなれません。お願い、なにも聞かずに別れて」

「意味がわからないな」

困惑に瞳を揺らして、高史郎はそう吐き捨てた。「説明してくれ」という彼の言い分はもっともだ。自分がどれだけ身勝手なことをしているのかはわかっている。

冷たそうな風貌とは裏腹に彼は優しい人。世界中の誰よりもそれを知っている自信がある。正直に理由を告げたら、高史郎はきっと環の無実を証明するために奔走してくれるだろう。自身の受ける不利益に構わず行動する人だ。

(だからこそ言えない)

環はそっと目を伏せ、雨で濃く染まったアスファルトを見つめる。次の瞬間、ふいに腕を取られて、気がつけば温かな胸のなかに抱きすくめられていた。

「……離れていくな。君がいないと俺が困るんだ」

静かで強い愛の告白が環を揺さぶる。彼の背中に回しかけた手が行き場をなくして、むなしく宙をつかんだ。

「だから、甘えて、頼ってくれていい。環は俺の恋人だろう」

環はゆるゆると頭を振る。

「違うって……言ってるじゃないですか。お願いだからもう帰ってください」

ドンと彼の胸を突き返す。

雨が降っていてくれてよかった。この帳《とばり》がきっと隠してくれるから、言葉とは真逆の思いがあふれてグチャグチャになった自分の顔を。

長い沈黙のあとで彼の深いため息が落ちる。

「君は本当に面倒な女だな。――わかった」

彼の言うとおりだ。

（最初から最後まで、馬鹿で面倒な女でごめんなさい）

くるりと彼が踵を返す。もう迷いはないのだろう。凛とぶれない背中が、降り続ける雨のなかに消えていった。

「――ふっ、うっ」

両手で口元を覆ってもこらえきれない嗚咽《おえつ》が漏れる。雨か涙かわからない冷たい滴がハラハラと頬を流れた。

優しいほほ笑み、他愛ない会話、肌を重ねた甘いひととき。やっと手に入れた、大切な大切な宝物が……震える指先をすり抜けて、泡沫《うたかた》のように儚《はかな》く消えていく。

無理だとわかっているのにどうしても繋ぎ止めたくて、環は未練がましく宙に手を伸ばした。

六章　ハッピーエンドは物語より鮮やかに

一世一代《いっせいちだい》の大失恋をしたところで人生が終わるわけではない。淡々と流れていく日々を外側からぼんやり眺めるようにして環は今日も生きている。

高史郎に別れを告げてから二週間。六月も半ばに入り、気分のめいる長雨が続いていた。

ここ数日、環は本社ビルの地下にある資料室にこもりきりになっている。MRとしての仕事を与えてもらえないので、「いつか誰かがやってくれたらいいのになぁ」とみんなが思っている雑用を一手に引き受けているのだ。この部屋は光が差さないうえに埃《ほこり》っぽく、快適な労働環境とは言いがたいけれど……。

(フロアにいるよりはマシね)

予想どおり、枕営業の話は社内のあちこちでまことしやかにささやかれていた。環は当然腫《は》れもの扱いで、人目のある場所にいるのは結構つらいものがある。

(ほかに仕事の指示もないし、これは退職しろという無言の圧力かな)

MRは苦しむ患者に薬を届ける素晴らしい仕事。環はそう信じてきたし、決して嘘ではないと今でも思っている。だけど巨額の金銭が動くこの業界はライバル企業同士の足の引っ張り合いは常だし、武人のように社内の人間すら蹴落とそうとする者だって少なくない厳しい業界だ。

（私はその争いに負けてしまった。あの映画の主人公にはなれなかったな）

憧れだった映画の女主人公は巨悪に立ち向かい、ピンチを颯爽と切り抜けていたけれど現実はそううまくはいかない。

（心機一転、地元に帰って薬剤師として働くのも悪くないかも）

東京を離れてしまえば悪い噂が追いかけてくることもないはずだ。そこまで考えて、環はグッと下唇を噛んだ。

本当は腹が立って仕方ない。自分をおとしいれた武人や彩芽が憎いし、このまま黙って終わらせるなんて悔しくてたまらなかった。

でも環が騒げば騒ぐだけ、高史郎や自分が担当していたドクターたち、それに新薬普及のために力を尽くしてきた緑邦大病院チームのメンバーに迷惑がかかる。そう思うと声をあげるのもためらわれた。

「はぁ」

やるせないため息をついて、環は目の前の資料に意識を向け直した。

めったに人が訪れることのない資料室に四人もの人間が押しかけてきたのは、その日の夕方のこと。

「速水チーフ！」

今は武人のもとで仕事をしているはずのチームのみんなだった。

「えっ……全員揃ってどうしたの？　というか今の私はチーフじゃないし」

いつもなら、みんなまだ病院回りをしているはずの時間だ。

「それに私にはもう関わらないほうがいいよ。知ってて黙ってたのか？って、みんなまで疑われちゃうから」

四人を追い出そうと立ちあがった環に、みんなが口々に声をかける。

「助けに来たに決まってるじゃないですか！」

「私たちは速水チーフがそんなことしたなんて信じていませんから」

「……みんな」

思わずホロリと涙がこぼれそうになって、慌てて目尻に手の甲を押し当てる。

「ありがとう。でもその気持ちだけでもう十分だから」

「チーフを信じているのは僕たちだけじゃないですよ。社内にほかにもたくさんいますから。専務なんて、うちの部長のいいかげんな調査にカンカンで」

「専務が？」

今の専務は環が入社して最初に配属された部の部長だった人だ。すごく厳しいけれど曲がったことは絶対に認めない頼りがいのある女性。『セクハラを笑顔であしらう必要なんかない。きっぱりと拒絶していい』、そう教えてくれたのも彼女だった。

その専務が環を信じて、きちんと調査すべきだと声をあげてくれたらしい。

「社内だけじゃありません。緑邦大病院のドクターも来てくれています」

「え……来てくれているって⁉」

「チーフの冤罪を部長に直訴しに来たんですよ！　とにかく一緒に行きましょう」

状況がよくのみ込めないままに、先日部長と武人から糾弾されたときと同じ応接室に環は足を踏み入れた。

前回とは違い部長は下座に座っている。その隣にはイラ立った様子の武人もいる。

彼らに相対しているのは……。

「要先生‼」

目線をあげて環を認識した彼は、どこかいたずらっぽく口元を緩めた。

（どうして要先生が⁉）

「とりあえず速水くんは座りなさい。君たちはいったん……」

「いいえ、私たちも同席させてください」

チームのメンバーはそう強く主張して室内に残った。環は当事者として、武人の隣に腰をおろす。ほかのみんなは立ったまま見守ることに決めたようだ。

部長は高史郎に顔を向け、戸惑ったような声で問いかける。

「つまり、要先生はうちの速水が罠にはめられたとおっしゃりたいわけですね」

「えぇ。根拠も今からきちんとご説明します」

高史郎は感情を交えずに淡々と語る。

「まず、瀬田准教授は彼女に呼び出されてあのホテルに行ったと主張していますが……医局の通話記録を確認したところ真実は少し違いました」

「通話記録？」

オウム返しにつぶやく部長に高史郎はうなずいてみせる。

「えぇ、あとで確認が取れるように脳神経外科の医局では録音機能を作動させているんです」

それを聞いた瞬間、隣の武人の顔がほんのり青ざめるのを環は横目で見た。

「電話をかけてきたのは、こちらにいる菊池さんでした」

准教授への連絡は彩芽ではなく武人本人が行っていたらしい。

「准教授には『速水さんからの伝言』と言っていましたが……これは少々不自然では？」

　高史郎が環の後ろに立つみんなに視線を送ると、全員が力強くうなずいた。

「はい。速水チーフが伝言を頼むなら私たちの誰かだと思います。そのためのチームなんですから」

「当時の菊池さんは緑邦大病院の担当ではありませんし、あきらかにおかしいですよ！」

　部長は誰の言い分を信じるべきなのか混乱している。高史郎は畳みかけるように続けた。

「逆に速水さんは、あのホテルに行った理由をこの会社で派遣社員として働く藤原さんに呼ばれたから……そう説明したのでは？」

「あぁ、そういえば先日も速水くんはそんな話を」

　あのときは環の言い逃れと決めつけた様子だった部長も、今は迷いが生じているようだ。チームのみんなもそれを察したのか、ここぞとばかりに主張する。

「菊池さんと藤原さんは……付き合っているんだと思います。私、社内でふたりがキスしているところを見たことあるんです」

鈍い環が認識していなかっただけで、武人と彩芽の関係に勘づいている者もいたようだ。加えて武人がずっと環をライバル視していたこと、緑邦大病院チーフの座を狙っていたことなどが口々に語られる。

武人と彩芽が組んで、環をおとしいれた。その可能性を力説された部長は眉間のシワをより一層深くする。

「うっ、いや、しかしなぁ」

部長はハンカチを取り出し、こめかみを拭う。次の瞬間、バンッという強い音が部屋に響き渡った。武人がテーブルを叩き、立ちあがったのだ。

「いいかげんにしてくださいよ」

いやに芝居がかった仕草で彼は肩を落とす。

「瀬田准教授に電話をしたことは認めます、〝速水さんに頼まれた〟のでね。けれど、それ以外はただの妄想じゃないか。探偵ごっこなら業務時間外に勝手にやってくれ」

話は終わりとばかりに部屋を出ていこうとする彼の背を、高史郎の静かな声が刺す。

「もちろん証拠はありますよ」

「はぁ⁉　なら、それを持ってきてから……」

そう言いながら武人が応接室の扉を開けると、そこに彩芽が立っていた。彼女は小刻みに肩を震わせ、なにかを覚悟した表情でじっと武人を見つめている。

「お前……なんで……」

「証拠は彼女が持っています」

高史郎のその言葉に、武人はぴたりと動きを止めて固まった。

彩芽は武人にはなにも説明せずに室内に入ってくると、自分のスマホを出してテーブルの上に置く。

「これが証拠です」

みんなが息を詰めて、彩芽のスマホを凝視する。彼女の指先が画面をタップすると音声が流れはじめた。彩芽と武人の声だ。

環と瀬田がホテルで会った、あの夜の裏側があきらかになる。

『速水さんと男性の写真は撮れました。武人さんが見せてくれた瀬田准教授の写真と同じ顔でした……間違いないと思います』

『そうか！』

『でも、見知らぬ別の男性が助けに入って……准教授は帰ってしまいました』

『実際にあのふたりがヤッたかどうかなんてどうでもいい。写真さえ押さえれば十分だ！　彩芽、よくやってくれた』

『これで……結婚に一歩近づいたんですよね？』

『もちろん。彩芽の花嫁姿が楽しみだよ』

音声が終わると、彩芽は部長に顔を向ける。

「今回の件を仕組んだのは菊池さんと私です。この音声は立派な証拠になりますよね？」

「彩芽……お前、なんで録音なんか……」

武人の声はワナワナと震えていた。

「意図的に録音したわけじゃありません。あの日は昼に母親から電話があって、そのとき頼まれごとを忘れないように録音機能をオンにして、そのまま解除を忘れていたんです」

「だったら、どうして削除しとかなかったんだよ!? お前ごときが俺を裏切るなんてどういうつもりだっ」

声を荒らげた武人に彩芽はビクリと肩を揺らすが、それでもひるまずに彼を見返した。

「裏切ったのは……ううん、最初から私を使い捨てにするつもりだったのは武人さんのほうでしょう？」

彼女の口から武人の手口が明かされる。

彩芽と少しでも早く一緒になりたい。でも自分は奨学金という借金を抱えており、結婚はそれを返してけじめをつけてからにしたい。そのためにもっと給料のいい外資系の製薬会社への転職を考えている。転職の成功には新薬を普及させたという実績が必要不可欠で、環の存在が邪魔になる。武人は彩芽にそう話したようだ。まるきり作り話なのか多少の真実が含まれているのか、それは環にはわからなかった。

さらに彼は、環が彩芽を見くだしているという嘘も吹き込んだ。

『速水さんのことはあまり信用しすぎないほうがいいかも。彼女、藤原さんより新しく来た派遣さんのほうが当たりだよね～って笑ってたから』

『悩みがあるなら俺を頼ってよ。真面目でかわいくて、いい子だなとずっと思ってたんだ』

そんなふうに言葉巧みに、武人は彩芽の心に付け入った。

涙声で彩芽は続ける。

「正社員にはなれそうもないし、私の人生は武人さんと結婚できなければ終わりだと思って協力しました。でもやっぱり……自分はとんでもない行為をしてしまったのだと怖くなって」

部長に環の枕営業を証言したあと彩芽は自責の念に耐えきれなくなり、今からでも謝罪して真実を話すべきでは？と思い直したそう。

「武人さんを説得しようと思い、この応接室に引き返したんです。そこで……彼と速水さんの会話を聞きました」

そこで彩芽は武人を見て、ふっと悲痛な笑みを浮かべた。

「不良債権、一番騙されやすそうな馬鹿女。武人さんのその言葉……私、この扉の向こう側で聞いていました」

環は思わず自身の胸元をグッとつかんでいた。どんな理由があったとしても彩芽のしたことは許せない。けれど、結婚しようと思うほど好きになった相手にそんな仕打ちを受けた彼女の痛みは……どれほどのものだっただろうか。

「あ、あれは」

弁解しようと声をあげたものの、なにも思いつかなかったのだろう。武人の口はポカンとまぬけに開いたままだ。

「いいんです。むしろそれを聞いて目が覚めました。あなたの言うとおり、私は本当にどうしようもない馬鹿だなって」

彩芽は真実を確実にあきらかにするために、緑邦大病院チームのみんなにまずは相談しようと決めた。ちょうどその頃、彼らと高史郎は環を救うべく証拠を集めているところだった。はからずも彩芽が手にしていた武人との通話記録は、渡りに船となったようだ。

「この……役立たずのクソ女っ」

逆上して彩芽につかみかかろうとする武人に部長の怒声が飛ぶ。

「いいかげんにしろ、菊池くん！ これ以上……我が社の名誉を汚すな」

武人はハッとして、そこでようやく自分の状況を理解したのだろう。すべてを諦めたように力なくうなだれた。

そこに高史郎の冷静な言葉が落ちる。

「君が彼女に勝てない理由がよくわかるな。少なくとも俺は……自分の患者を君のような人間には絶対に任せたくない」

「部長、これを」

チームのひとりが部長にファイリングされた資料を渡す。

「こちらにいる要先生以外にも、緑邦大病院のドクターから様々な意見をいただいています。そのほとんどが現在の菊池さんではなく、前任の速水チーフに担当を戻してほしいという意見です」

前任のＭＲに比べて知識も熱意も足りない、ご機嫌取りだけの営業は求めていない、今の担当のままなら正直他社の薬に切り替えようかと思っている。この二週間でそんなクレームが届いていたようだ。

高史郎も部長に顔を向け、補足する。

「知り合いのとある開業医もこちらの彼に苦言を呈していました。なんでもグレーゾーンの接待や寄付金の話ばかり持ちかけてくるとかで……必要があればお繋ぎするので、直接話を聞いてみてください」

（知り合いのとある開業医……）

環の脳裏にある先生の顔が浮かぶ。先日、緑邦大病院内で偶然会って武人に困っていると漏らしていた彼だ。あの先生も緑邦大の出身なので高史郎と顔見知りでもおかしくない。

「かしこまりました。緑邦大病院の先生方のご意見はしかと受け止めさせていただきますので」

「もし、うちの准教授にお気遣いをいただいているようなら」

高史郎はそこで言葉を止め、ニヤリと唇の端をあげた。

「その心配は無用です。実は彼、科のナースたちからセクハラで訴えを起こされておりまして……彼の悪行は徹底的に調査せよと上から指示が入っているところなので」

部長は今回の件をあらためて精査し、環と武人の処遇を検討し直すと結論づけてその場を散会させた。

部屋を出たところで、環はチームのみんなと高史郎に深々と頭をさげる。

「要先生、みんな、本当にありがとうございました」

「一番奔走してくだったのは要先生ですよ。ほかの病院のドクターにも話を聞きに行ってくれたりして」

高史郎は環を見て、柔らかく笑む。

「君を信じ、助けたいと手を差し伸べる人間が大勢いた。君が築いてきた人望がこの結果をもたらしたんだから礼には及ばない」

「速水チーフ、一日も早い復帰を待ってますからね！」

映画のように鮮やかなハッピーエンドなんて、不可能だと諦めていた。

でも、この結末は大好きだったあの映画よりずっとずっと環の胸を熱くする。

「……もうっ、みんなしてそんな泣けること言わないでくださいよ」

あふれそうになる涙をこらえようと環は慌てて目頭を押さえた。

「じゃあ、速水チーフ。尽力してくださった要先生のお見送りをお願いしますね！」

メンバーのひとりがそう言って環の背中を押す。武人と彩芽の関係にいち早く気がついていた彼女は、どうやら高史郎と環のことも勘づいているらしい。環にだけわかるように、そっと目配せをしてきた。

「えっと、じゃあ……外までお送りします」

「あぁ」

幸い、今の環に急ぎの仕事はない。彼と一緒に建物の外まで出た。

一方的に別れを告げて以来のふたりきり。嬉しいのか、気まずいのか自分でもよくわからない。ふと顔をあげると、目の前に高史郎の優しい笑みがあった。

(あ、やばい。泣きそう)

環の瞳が涙で潤む。それをごまかすため、フイッとそっぽを向きながらつぶやく。

「そんなキャラじゃないくせに、いつもいつも……かっこよく助けてくれるのはズルくないですか?」

ふっとかすかに笑ったあと、どこか甘く響く声で彼が言った。

「せっかく合鍵を渡したのに、君はいつになったら俺の部屋に来るんだ?」

環は顔を真っ赤に染めてうつむく。

「……今夜。今夜、行ってもいいですか?」

「あぁ、待ってる」

そしてその夜。高史郎の部屋で環はあらためて彼に向き直る。

「助けてくれて本当にありがとうございました。私、あんなに身勝手に別れを告げたのに」

正直、さすがの彼も呆れ果てて別れを受け入れたものと思っていた。高史郎は目を細めて環の頭にポンと手を置く。

「君はどうしようもなく頑固で面倒な女だが……実はその点では俺も負けていない。君を諦める気など毛頭なかった」

突然のさよならにはなにか理由があるのだろうと、察してくれていたらしい。

「環のことだから、俺に迷惑をかけたくないとか……くだらないことを考えたんだろう?」

「くだらなくはないですよ! 要先生のキャリアにはたくさんの患者さんの命が懸かっているんですから」

〝緑邦が誇るゴッドハンド〟とまで言われ、その手術の腕を高く評価されている彼が臨床の現場から離れるなんてことになったら、医療界にとっても患者にとってもはかりしれない大きな損失だ。だから、彼のキャリアを台無しにはできないという自分の判断自体は間違いじゃなかったと今でも思っている。

けれど彼は「ほら、やっぱりくだらない」と笑う。

「あの『わかった』は、君が話してくれないのなら自分でどうにかしてやるという決意表明であって、別れを承諾したつもりはまったくないぞ」

環に別れを告げられた日の心境を高史郎はそんなふうに振り返る。

「それで、チームのみんなやほかの病院のドクターにも働きかけて無実を証明しようと動いてくれたんですか?」

「あぁ。君は理解していると思うが、よく知らない人間とコミュニケーションを取るのは俺の一番の苦手分野だ。なかなか骨が折れたよ」

高史郎はややおおげさに肩をすくめてみせた。

「そうですよね。……そんなことするの全然要先生らしくないのに」

高史郎の瞳が優しい弧を描き、頭に置かれていた手がそっと環の髪をすべり落ちていく。

「そう、ちっとも俺らしくない。だがまぁ、今回の苦労は俺にとって絶対に必要なものだった」

「必要なもの？」

彼の熱っぽい眼差しがまっすぐに注がれる。

「これは真面目な話だからちゃんと聞いてくれるか？」

真剣な表情で彼はそんなふうに前置きした。

「医師という仕事は自分にとって天職だと思ってる。けどな……環とどちらかしか選べないのなら、俺は迷わず君を選ぶ」

「え……えぇ⁉」

目を瞬く環を説得するように彼は丁寧に言葉を尽くす。

「天職はもうひとつくらいは見つかるかもしれないが、こんな俺が恋をできる相手は間違いなく君しかいない。環でないとダメだから」

弱ったように眉尻をさげる彼が愛おしくてたまらない。思わず両手で彼の頬を包み込むと、高史郎の大きな手が環のそれに重なる。

「今度同じような状況になったときは必ず相談してくれ。今さらこの手を失うのは……耐えられない」

ギュッと強く握られた手から彼の思いが伝わってきて胸がじんわりと温かくなる。

彼が自分を必要としてくれている、その事実が途方もなく嬉しい。

「はい、約束します」

「うん」

ホッと心から安心したように彼がほほ笑む。かわいくて、かっこよくて、環の頬はだらしなく緩んでしまう。

「要先生」

「ん？」

「愛してます」

そう宣言して環は彼の頬に唇を寄せた。みるみるうちに赤く染まっていく高史郎の顔を眺めて、環は長い長い初恋が実った幸せを噛み締める。

(今度こそ、今度こそ、要先生と幸せな恋をするんだ)

「環」

照れた瞳の奥で彼の熱情が燃えあがる。

「要先生からの返事は聞かせてもらえないんですか？」

クスクスと笑って小首をかしげると、彼の大きな手がそっと環の後頭部に回された。

「……それも苦手分野だから、行動で示してもいいか？」

耳まで赤くなっている彼に環はふふっとほほ笑む。

「仕方ないなぁ」

そう答えた唇についばむようなキスが落ちる。唇に、額に、頬に、彼は何度も優しく口づけてくれる。

「私、要先生とキスするのすごく好きです」

「環は……俺も一応男だということを時々忘れていやしないか？」

呆れたような目でこちらを見て、それから彼はグイッと力強く環の身体を抱く。

「そんなこと言われたら、止まれなくなる」

「……その、止まらなくていいかな？って思いますけど」

至近距離で目が合って、同時にクスリと笑う。

もう一度、唇を合わせた。今度はさっきよりずっと情熱的に。差し入れられた舌の熱さに酔わされて、あっという間に余裕をなくす。でもそれは高史郎も同じかもしれない。互いの呼吸が浅く速くなっていくのを感じながら飽きるほどにキスを繰り返した。照明を落とした薄闇のなかに、生まれたままの姿になったふたりの姿が浮かびあがる。

「……も、もっと」

環のおねだりに応えて、高史郎の手がふたつの膨らみをやわやわと揉む。

「ふっ、んん」

焦らされる先端がじんわりと熱を帯び、ぷっくりと上向く。まるで花の蜜に吸い寄せられる蝶《ちょう》みたいに、高史郎はそこに顔を寄せ唇でそっと食《は》んだ。ジュッと吸いあげ、舌先でなぶり、少しずつ環の快感を高めていく。

「ああっ」

初めてのときは明確にはわからなかった自分の官能のツボをだんだんと身体で理解していく。そして高史郎がなにを悦ぶのかも、もっと知りたいと強く思う。今夜の環は幾分か積極的で、それに煽られて彼もどんどん情熱的になっていった。

重なる素肌が熱く溶けて、ひとつになる幸福に心も身体も満たされていく。

ベッドに座る彼の上にまたがって、逞しい首筋に腕を絡ませる。不規則なリズムで突きあげられるたびに、濡れた唇からあられもない声がこぼれた。

「あっ、やぁ！　もう……」

絶え間なく押し寄せる快楽に環の背中は弓のようにしなる。高史郎のさらりとした黒髪に指先を差し入れ、形のいい頭をかき抱いた。

「環」

自分を呼ぶ艶めいた声、こちらを見あげる色香のにじむ瞳。全身がぞくりと震えて、下腹部の熱が膨張する。

もっとも昂るその瞬間を彼と一緒に迎えたい、湧きあがる本能的な欲望を環はそのまま喘《あえ》ぎ声にのせた。

「はぁ、要せんせ。い、一緒に」

なにかをこらえるようにゴクリと喉を鳴らした彼がより一層、律動を深めた。

ほんのりと汗ばんだ互いの肌が密着し、興奮と快感を高めていく。

「ダ、ダメ。もうっ」

限界までのぼりつめた環の身体ががくんと一気に弛緩《しかん》して、頭のなかが真っ白になる。訪れた恍惚《こうこつ》にめまいを覚えそうになるなかで、環は彼がドクンと熱いものを放つのを感じていた。

一番気持ちのよい瞬間を共有している、その特別感に酔いしれる。

こちらを見つめる彼の瞳が、どこか気恥ずかしそうに揺れ動いた。

「要先生？」

「……愛してる、環」

それは穏やかで優しく、世界でもっとも心地のよい音だった。

エピローグ

　事件からひと月が経った七月中旬。無実が証明された環はもとどおりチーフのポジションに復帰していた。緑邦大病院が新薬ロパネストラーゼを導入することも正式決定し、ますます多忙な日々を送っている。

　武人は自主退職より重い解雇処分となりアスティー製薬を去った。

『そりゃあそうだよな。自分の利益だけを追って、社の命運を握る新薬の営業を邪魔したんだから』

『そもそも、今までの成績も違反スレスレの営業のおかげだったんだろう？』

『この業界は横のネットワークも強いし、もうMRはできないだろうね』

　解雇処分は自業自得と、彼に同情する声はほとんど聞こえてこなかった。

　そして今日、会社を去る者がもうひとり。

「……お世話になりました」

　小さな声で言って頭をさげる彩芽には冷たい視線が注がれるばかり。ねぎらいの言葉もお別れのプレゼントも受け取ることなく、彼女はひとり寂しくフロアを出ていく。

彼女に対する怒りは環のなかでまだ消えることなく残っている。綺麗さっぱり忘れてあげられるほど善人にはなれない。けれど——。

環は席を立ち、初めてここに来たときと同じ地味な洋服に身を包む彼女の背中を追いかけた。

「彩芽ちゃん!」

エレベーターの前で彼女が足を止め、ゆっくりとこちらを振り返る。環の姿を映す瞳を彼女は静かに伏せた。

「速水さん……本当に申し訳ありませんでした」

「菊池さんとはちゃんと話ができた?」

環の問いかけに彼女はゆるゆると首を横に振る。

「いえ、あれきり一度も連絡していません」

「私たちに聞かせてくれた通話記録、あれはふたりが結婚の約束をしていた証拠になると思うよ。弁護士さんに相談すれば彼を婚約破棄で訴えることもできるんじゃないかな」

彼女は環に対しては加害者だけれど、同時に武人の悪行の被害者でもある。彼の仕打ちに泣き寝入りをする必要はないはずだ。環はそう意見したけれど、彩芽は苦い笑みを浮かべるばかり。

「速水さんにひどいことをした報いを受けただけですから。むしろ、速水さんはどうして私を訴えないんですか？」

自分の望みは仕事を続けること。それが叶った今、彩芽や武人にこれ以上の罰を与えたいとは思わなかった。その気持ちをそのまま伝えると彩芽はクスリと笑う。

「ほんとにお人好しですよね、速水さんは」

泣き笑いみたいな顔になって彼女が言葉を紡ぐ。

「今さらですけど、速水さんに憧れていた気持ちは本物だったんです。綺麗で優しくてかっこよくて……私はあなたになりたかった」

「彩芽ちゃん」

「約束だったはずの正社員の話が不確実になって、私の理想そのもののキラキラしている速水さんを見るのがつらくなりました」

派遣会社のコーディネーターとの面談後に彼女が落ち込んでいたことを、環は思い出す。あれはたしか新年度が始まったばかりの時期だ。今思えば、彩芽の自分に対する態度が変わったのはその頃からだった。

「そんなときに武人さんが近づいてきたんです。彼の嘘に簡単に騙されて……速水さんに抱いていた憧れは激しい妬《ねた》みに形を変えました」

（カフェで一緒にランチをしたあの頃にはきっともう、私が憎らしくなっていたんだろうな）

くしゃりとゆがんだ彼女の顔に涙が伝う。

「武人さんと、エリートな男性と結婚できたら、そこだけは速水さんに勝てるかな？なんて醜い感情が止まらなくなって……本当に馬鹿でした」

涙でぐしゃぐしゃになった顔で環を見て、それから深々と頭をさげた。

「私なんかに優しくしてくれてありがとうございました。恩を仇で返してしまって本当にごめんなさい」

まっすぐに紡がれた謝罪の言葉。今の彼女に嘘はいっさいないように思えた。本来の彼女は真面目で素直な子なのだ。

「顔をあげて、彩芽ちゃん」

「はい」

今、環の視線を正面から受け止めるのはつらいだろう。それでも彼女は目をそらしたりはしなかった。

「申し訳ないけど『気にしないで』とか『許すよ』なんて言葉はまだ言えない。あなたの仕打ちに私はすごく傷ついたから。でもね」

ＭＲを外されていた間、環はあらゆる雑用を引き受けていた。そこでひとつ気がついたことがあったのだ。

「資料整理をしてたとき、彩芽ちゃんの作ってくれたファイルってすごく見やすかったんだなってあらためて思ったの」

彩芽は関連する領域の薬には同じ色の付箋《ふせん》を貼るなど、見る者が調べやすいように工夫してファイリングをしてくれていた。製薬業界で働くのは初めてと言っていたし、きっとたくさんの勉強が必要だったことだろう。

「私の仕事は間違いなく、彩芽ちゃんの丁寧な仕事ぶりに支えられていた。本当にありがとう」

彩芽は感極まったように細い指先で目頭を押さえた。その様子を見つめながら環は数日前に聞いた部長の言葉を思い出していた。

『正社員の打診は彼女にするはずだったんだが、こんなことになるとはね』

彩芽自身は不安になっていたようだが彼女の能力は正当に評価されていて、正社員になれるはずだったのだ。こうなった以上、もう彼女に伝えることもできないけれど……。

涙を拭って、彼女はもう一度環に向き直った。

「お世話になりました」

(以前のように笑顔でお喋りする関係には戻れないかもしれない。だけど……彼女の未来に光が差すことを願える自分でいたいな)

彩芽を乗せたエレベーターの扉が閉まるのを見送りながら、環はそんなふうに思った。


その夜。日本酒の品揃えが抜群の渋い居酒屋で、環は麻美と萌香とお喋りに花を咲かせていた。

「お人好しすぎる。私なら名誉毀損で慰謝料をふんだくってやるかな!」

「でも弁護士に頼んで訴え起こすのって大変だよ~。時間と労力を考えたら割に合わないもん」

勇ましい麻美と現実主義の萌香、ふたりらしい見解だ。

「まぁ、もういいの。なんていうか幸せで満ち足りていると心に余裕があるっていうか~」

ヘラヘラと頬を緩ませる環に、ふたりは祝福と呆れの入り交じる複雑な顔をしてみせる。

「おめでとう!を言ってあげたいところだけど、浮かれすぎててウザいわね」

「環が幸せなのは祝福するけど、恋愛教を布教してくるのはやめてね。私、当面はその宗派を信仰する気ないから!」

麻美はともかく萌香までもが意外と冷たい。

「え〜、もっと盛大にお祝いしてくれると思ってたのに!」

「女子高生じゃないんだから男ができたできない程度の話で、そんな無邪気にはしゃげないわよ」

憎まれ口を叩きながらも、ふたりの目が優しいことに環はちゃんと気がついている。

(最高の親友に最高の恋人。今の私は本当に世界一幸せかもしれないなぁ)

心の底から浮かれきっていると、麻美が手元のスマホをいじりながら環に聞く。

「そういえばさ、さっきの環の話に出てきた優実ちゃんって、もしかしてこの子じゃない? 仲良し夫婦インフルエンサーのユミ」

麻美は環の眼前にスマホを突き出す。一番メジャーなSNSのアイコンに写真が数枚。オシャレなダイニングテーブルに並ぶおいしそうな手作り料理の数々、ナチュラル系の北欧家具、それらを背景にばっちり決まったヘアメイクでほほ笑む優実。

「優実ちゃんだ。わっ、フォロワー数すごい。本当に有名人だったんだ」

「夫婦でインフルエンサーって話にピンときたのよ。私の周りにも彼女のファン多いから」

「へ〜。そんなにすごい存在になってたんだ」

セルフプロデュースも仕事のうちと言っていたけれど、これだけフォロワーがいるのならばたしかに彼女にとってSNS運用は仕事に等しいのかもしれない。

（いるよね、優実ちゃんみたいに要領のいい子って……）

環と高史郎の仲を軽々しく引き裂いておいて、自分はちゃっかり幸せになっているのだから世の中は不公平なものだ。環がそうぼやくと、麻美がクスリと笑う。

「いやぁ、因果応報って本当にあるのかもね」

「え、どういうこと？」

「ほら、よく見てよ。コメント欄、絶賛炎上中だから」

そこで萌香が口を挟む。

「あぁ、最近騒ぎになってるW不倫⁉」

「そうそう。仲良し夫婦をウリにしてたのに、どっちも不倫したあげく互いにSNSを使って中傷合戦。界隈《かいわい》では話題になってるよね」

SNSをあまり活用していない環は知らなかったけれど、優実には致命的なイメージダウンで苦境に立たされているらしい。

「やっぱり悪いことはするものじゃないね～」

のんびりした萌香のまとめに、環と麻美も「肝に銘じましょう」とうなずく。

その後はいつもどおり他愛ない話でおおいに盛りあがり、お酒も進んだ。

「環、いつもより飲みすぎてない？」

「大丈夫！ だって今夜はね～」

「なによ、そのにやけた顔は」

高史郎が迎えに来てくれる予定なのだ。そう告げた瞬間に環のスマホが鳴り出す。

「あ、要先生だ！」

ふたりからのブーブーという抗議の声を、環は高史郎と会話をする背中で受け止める。

「女子会に男の迎えは厳禁でしょ」

「まぁまぁ、今だけは大目に見てあげようよ。それより麻美。私たちそろそろ〝女子会〟を自称するのはきつくない？」

「え～ダメかな？ 新名称、考える？」

どうでもいいネタに夢中になりはじめたふたりに別れを告げて、環は高史郎のもとへ走った。

「お待たせしましたっ」

息を切らせて彼の隣に並べば、優しい笑みが返ってくる。

「楽しかった？」

言いながら、彼は当たり前のように環の手を取り指先を絡ませた。互いに照れずに手を繋げるようになったことは大きな成長といえるだろう。

「はい！　要先生も仕事おつかれさまでした」

明日はふたりとも休みなので、夜からゆっくり過ごそうと仕事終わりの彼が迎えに来てくれたのだ。

「そういえば今日、患者と世間話ってやつをしてみた。知ってるか？　野球とサッカーではひとチームの人数が違うらしいぞ」

世紀の大発見みたいな顔で語る彼に、環は思わず「あはは」と声をあげて笑った。

「それ、多分知らない人のほうがレアですよ」

「俺の人生においては、どちらも〝なんか大人数でやってるスポーツ〟という認識で事足りていたんだよ」

拗ねたような彼の姿に環のニヤニヤは止まらない。

高史郎が雑談できるようになったことも驚きだし、野球とサッカーのチーム人数を知ってちょっと自慢げになっている様子もかわいくて胸がキュンとなる。

「じゃあ、今度一緒に野球とサッカーを観戦してみませんか？　患者さんとの会話がもっと弾むようになりますよ！」

環の提案に彼は素直にうなずいた。

「いいな。野球にもサッカーにも興味はないが、君と一緒なら間違いなく楽しいだろうから」

「チケット取りますね！」

何気ないけれど幸せなひととき。こんな時間がずっと続きますように。環が心のなかで願ったのとまったく同じ言葉を彼の唇が紡ぐ。

「いつまでも、ふたりでこうして過ごしたい。心からそう思う」

「はい、私も」

繋いでいた手をギュッとして、高史郎は環のこめかみにキスを落とした。

特別書き下ろし番外編

番外編　それからの幸せ

一年後、七月。古都鎌倉の小高い丘の上にある静かな墓地をふたりは訪れていた。

この場所には高史郎の大好きな祖父が眠っている。

「要先生と鎌倉、すごく似合うなぁ」

「そうか？　まぁ生まれ育った街だからそれなりに愛着はあるが……」

熱気をはらんだ夏の風が高史郎の黒髪をさらりと流す。静謐《せいひつ》な空気に包まれ、いぶし銀のような渋さのあるこの街。環のなかで彼のイメージとぴたりと重なる。

（大好き、鎌倉も要先生も）

高史郎といると、環の頬と口元はいつも無意識のうちに緩んでいる。多幸感が全身からあふれてしまうのだ。

「ところで」

彼は足を止め、こちらを見る。

「いつまで俺を『要先生』と呼ぶつもりなんだ？　もう君も要になったのに」

つい先日、親族と親しい友人だけを招いたささやかな結婚式をあげて、環は彼の妻になった。もともと半同棲状態だった彼の家にきちんと引っ越す形で、新婚生活もスタートさせている。

（呼び名問題、私も気になってはいたけれど要先生もなにも言わないし、まぁいいかなと流してしまっていたんだよね）

「じゃあ、昔みたいに『要くん』？」

環が懐かしい呼び名を口にすると、彼は大きな手で顔の下半分を覆った。

（あ、照れた）

「ふふ。その癖、よくするよね？」

環に指摘され、彼は自身の口元から離した手を弱ったような顔で見つめる。

「あぁ、動揺すると出てしまう昔からの癖だ。けど最近は……」

そこで言葉を止め、高史郎はチラリと環に視線を送る。

「最近は？」

「君をかわいいと思ったときに、つい出る」

（君……かわいい……え、君って私!?）

ボンッと火を噴いたように環の顔が赤くなる。不意打ちかつ破壊力抜群の攻撃に環はもう卒倒しそうだ。

（なにそれ。そんなこと言っちゃう要先生がかわいすぎるんだけど！）

かすかに頬を染めた高史郎がコホンと咳払いをして仕切り直す。

「話を戻そう。君も要なんだから『要くん』もおかしくないか？　名前でいいよ」

「名前って……こ、こう……」

付き合いはじめてから口調はだいぶ砕けたけれど、ずっと名字で呼んでいた人を急に名前呼びするのはハードルが高い。どうしても照れが先にきてしまう。

「うぅ、こんなことなら私も学生時代から名前で呼んでおけばよかったかも」

「いや、それはダメだな」

彼がいやにきっぱりと否定するので「どうして？」と環は尋ねる。

「君の『要くん』も『要先生』も俺にとっては大事な思い出だから。なくなるのは嫌だ」

彼の愛情表現は不器用だけど、そのぶんまっすぐだ。

（そういうところが……大好き！）

環は彼に腕を絡めて、そこにポスッと頭をうずめた。

「そうだね。過去があるから今の私たちがいるんだもの。きっと全部、必要な過程だったんだよね」

すれ違ってしまった過去も、もう一度恋したことも、自分たちの大切な歴史だ。

「あぁ。そしてこれからの……君が俺を名前で呼ぶ日々も楽しみにしている」

そんな嬉しそうにほほ笑まれてしまっては、できないとは言えない。環は覚悟を決めて彼を見あげる。

「こ、高史郎」

「うん、いいな」

柔らかに細められる瞳が環の胸を甘く締めつける。

初恋の〝好き〟、恋人になってからの〝好き〟、そして夫婦としての〝好き〟。彼への思いは少しずつ変化しながら幾重にも降り積もって強固になっていく。それはきっと、みなが絆《きずな》と呼ぶものだろう。

(彼をパパと呼んだり、おじいちゃんと呼んだりする日も来るのかな?)

希望あふれる未来に思いをはせていると、スカートのポケットに入れていたスマホが振動してメッセージの受信を知らせた。

画面を確認した環は思わず顔をほころばせる。

「なにかいい知らせだったのか?」

「うん、すごく!」

環はスマホの画面を高史郎のほうに向ける。メッセージの送り主は彩芽だった。

彼女が会社を去ったあと、どうしているのかはずっと気になっていた。だから数か月前、勇気を出して自分から連絡を取り、交流を復活させたのだ。

【正社員での採用が決まりました！　速水さん（あ、もう要さんでしたね）のおかげです】

「正社員、決まったって！」

まるで自分のことのように得意げな顔をする環を見て、高史郎はふっと頬を緩める。

「俺の奥さんはどうしようもないお人好しだ。けど……」

耳元にそっと顔を寄せて彼がささやく。

「俺は君のそういうところが好きだ」

「私も。そんなふうに言ってくれる高史郎が大好き」

高史郎の祖父の墓前にふたり並んでかがみ込み、両手を合わせる。

「祖父は自分の亡きあと、俺がひとりぼっちになることを心配してた」

両親を早くに亡くしている彼は、祖父以外の親族とはあまり折り合いがよくないのだ。

「俺はこんな性格だから、きっと恋人や妻はできないだろうと祖父も思っていたんだろうな。だから――」

高史郎はそこで言葉を止め、環と目線を合わせる。

「こうして俺の隣に君がいることをすごく喜んでくれていると思う。本当にありがとう、環」

「もし高史郎が嫌だって言っても、私はもう離れないから」

今もきっと、見守ってくれているであろう彼の祖父に告げる。

「だから安心してくださいね、おじいさん」

環のその言葉に高史郎も笑ってうなずいた。


鎌倉なので十分日帰りもできるのだが、せっかくだからと今夜はホテルを取っていた。スイート仕様の広々とした部屋のバルコニーからは茜色に染まる夕空と青い海という素晴らしい景色を楽しむことができる。ほんのり潮の香りがする風に吹かれていると、いつの間にかもう夏も盛りなのだなと季節の移ろいを実感する。

「お互い仕事が忙しいから、こうやってのんびり景色を眺める時間ってすごく贅沢に感じるよね」

「そうだな。夜は映画でも観ようか？」

「いいね！　高史郎はなにか観たい作品ある？」

彼はやや考えるそぶりをして、それから言った。

「あれがいいな。昔、君と偶然会った映画館で観たやつ」

環の脳裏にも懐かしい記憶が蘇る。高史郎と親しくなるきっかけになったあの映画。深夜のファミレスでいつまでも感想を語り合った。

映画はふたりの共通の趣味だから付き合い出してからこれまで、映画館でも自宅でもたくさんの作品を一緒に観た。だけど――。

「あの作品が初めて一緒に観た映画ってことになるかもね？　隣に座っていたわけじゃないけれど」

「環は俺の斜め前辺りの席だったたな」

「えっ⁉　私がいるって気がついてたの？」

環が彼の存在に気がついたのは、上映が終わりスクリーンを離れてからだった。でも彼のほうは上映前から環がいると認識していたらしい。

「マイナー映画で客もまばらだったから。君と同じ映画を観ているというのが……やけにくすぐったくて妙な気分だった」

高史郎の手が伸びてきて環の髪を優しく撫でる。その手はそのまま耳朶《みみたぶ》から首筋へとくすぐるようにおりていく。

「ひゃっ」

なめらかに動く指先がいやに色っぽくて、環の肌はぞくりと粟立つ。高史郎に触れられただけで、その場所がじんわりと熱くなった。

いたずらに細められた瞳がゆっくりと近づく。

「俺は恋がどういうものかを知らなかったから気づけなかっただけで……多分かなり早い段階から環に恋をしていたんだろうな。最初からずっと、世界で君だけが色鮮やかだった」

あらがえない引力に引き寄せられるように唇を合わせた。自分より厚みのある舌が優しく絡まって、キュッと締めつけたり、そっと先端を舐めてみたり。初めて唇を重ねたあの頃よりは互いにキスが上手になったように思う。甘やかなじゃれ合いを楽しむ余裕が生まれている。

「外は暑くないか？」

「ううん、海辺だから風が抜けて心地いい」

だんだんと口づけは深くなり、わずかな距離すらもどかしくなって互いの身体をギュッと密着させた。

「はぁ」

浅く吐き出される彼の息が艶めいた色を帯びている。

ほどよく鍛えられた胸板は温かく、本来なら相反するはずの安心と高揚を同時に与えてくれる。

環の腰骨の辺りで、なにか熱く硬いものが存在を主張している。

「えっと、なかに入る？」

照れながら尋ねてみると、高史郎は返事の代わりにふわりと環を横抱きに持ちあげた。

（あ、れ？）

その瞬間、環のなかに経験のない違和感が生じた。急に抱きあげられたことによるめまいかと思ったが、なにか違う。

当然のことながら、すっかりその気になっている高史郎がベッドの上に環を組み敷く。劣情のにじむ彼の瞳に罪悪感を覚えながら、環はためらいがちに主張する。

「あ、あの……ごめん。なんかちょっと……」

「え？」

「む、無理！　うっ」

　無理は禁句。彼としたその約束をあっさり違《たが》えて、環は高史郎を押しのけトイレに駆け込む。おそらく食あたりでも起こしたのだろう。強烈な吐き気に全身から力が抜けていく。

「大丈夫か？　もし水分を摂れそうなら少しでも」

　こんなとき、夫が医療関係者というのはいいものだ。高史郎は慣れた様子で環の背中をさすり介抱してくれる。

「ご、ごめんね。ゆうべ食べた海鮮にあたったかも」

　昨夜は会社の懇親会で刺身を食べたのだ。高史郎はなんともなさそうだし、きっとあれが原因だ。環はそう決めつけたが彼は懐疑的な顔を見せる。

「いや、食あたりじゃなくて……その、つわりじゃないか？」

「へ？」

　想像もしていなかった見解にまぬけな声が出る。

（つわり……あれ、でもそういえば月のものが）

　いつも規則正しいほうなのに今月は遅れていた。

「明日、病院に行ってみようか」

高史郎は優しい声でそう言った。

翌日。

さすがは医師というべきだろうか。彼の見立ては見事に的中しており、環は産婦人科医から妊娠七週に入っていることを告げられた。

「そうか」

環の報告に対する彼の返事はそのひと言だけだったけれど、今この瞬間を……自分はきっと一生忘れない。

かわいくて、かっこいい、環が世界で一番愛おしいと思う笑顔がそこにあったから。

END

あとがき

こんにちは、一ノ瀬千景です。まずはベリーズ文庫ｗｉｔｈ、創刊おめでとうございます！

いつものベリーズ文庫とはひと味違う新レーベル、私自身もドキドキワクワクしながら書かせていただきました。コンセプトは「恋はもっと、すぐそばに。」ということで、共感できる身近な恋の物語を私なりに表現してみたのが今作です。

恋になりそうで、ならなかった関係……意外と覚えのある人も多いのではないでしょうか？　この物語はそんなふたりが再会して、もう一度恋を温め直すお話です。

ヒロイン環には男性経験がないというコンプレックスが、ヒーロー高史郎も人とのコミュニケーションが苦手という悩みを抱えています。決して完璧ではない、等身大なふたりが一生懸命恋をする姿にキュンとしてもらいたい！　そんな思いで物語を紡ぎました。

いつもはいかにヒーローをスマートに、かっこよく描くかで苦心するのですが……

今回は担当さんと「この台詞はスマートすぎますよね？」などと、高史郎をごく普通の、身近に存在しそうなキャラクターにするために奮闘しました。
新鮮で、とても楽しかったです。読者のみなさまはいかがでしたでしょうか？ 少しでもドキドキしたりキュンキュンしてくださっていたら、すごく嬉しいなと思っております。

カバーイラストもいつもとは異なる雰囲気で、権田原先生が素敵に描いてくださいました。ふたりの表情が私の脳内イメージどおりで感激でした。
権田原先生、いつも頼りになるアドバイスをくださる担当さま、本書の刊行にたずさわってくださった方々、そしてお読みくださったみなさま、本当にありがとうございました。またベリーズ文庫でもベリーズ文庫ｗｉｔｈでもお会いできるよう、精進してまいりたいと思います！

一《いち》ノ《の》瀬《せ》千《ち》景《かげ》

一ノ瀬千景先生への
ファンレターのあて先

〒104-0031
東京都中央区京橋 1-3-1
八重洲口大栄ビル 7F
スターツ出版株式会社　書籍編集部　気付
一ノ瀬千景先生

本書へのご意見をお聞かせください

お買い上げいただき、ありがとうございます。
今後の編集の参考にさせていただきますので、
アンケートにお答えいただければ幸いです。

下記 URL または二次元コードから
アンケートページへお入りください。
https://www.ozmall.co.jp/enquete/IndexTalkappi.aspx?id=2301

with
ベリーズ文庫

この物語はフィクションであり、
実在の人物・団体等には一切関係ありません。
本書の無断複写・転載を禁じます。

アラサー速水さんは「好き」がわからない

2025年3月10日　初版第1刷発行

著　者　一ノ瀬千景
©Chikage Ichinose 2025

発行人　菊地修一

デザイン　カバー　フジイケイコ
フォーマット　hive & co.,ltd.

校　正　株式会社鷗来堂

発行所　スターツ出版株式会社
〒104-0031
東京都中央区京橋1-3-1　八重洲口大栄ビル7F
TEL　03-6202-0386（出版マーケティンググループ）
TEL　050-5538-5679（書店様向けご注文専用ダイヤル）
URL　https://starts-pub.jp/

印刷所　大日本印刷株式会社

Printed in Japan

乱丁・落丁などの不良品はお取替えいたします。
上記出版マーケティンググループまでお問い合わせください。
定価はカバーに記載されています。

ISBN 978-4-8137-1718-8　C0193

ベリーズ文庫 2025年3月発売

『目を覚ますと初めましての御曹司と婚約してました～君が記憶を失くしても、この愛だけは忘れさせない～』滝井《たきい》みらん・著

令嬢である葵は同窓会で4年ぶりに大企業の御曹司・京介と再会。ライバルのような関係で素直になれずにいたけれど、実は長年片思いしていた。やはり自分ではダメだと諦め、葵は家業のため見合いに臨む。すると、「彼女は俺のだ」と京介が現れ!?　強引にニセの婚約者にさせられると、溺愛の日々が始まり!?

ISBN 978-4-8137-1711-9／定価836円（本体760円＋税10%）

『無口な自衛官パイロットは再会ママとベビーに溺愛急加速中！【自衛官シリーズ】』惣領《そうりょう》莉《り》沙《さ》・著

美月はある日、学生時代の元カレで航空自衛官の碧人と再会し一夜を共にする。その後美月は海外で働く予定が、直前で彼との子の妊娠が発覚！　彼に迷惑をかけまいと地方でひとり産み育てていた。しかし、美月の職場に碧人が訪れ、息子の存在まで知られてしまう。碧人は溺愛でふたりを包み込んでいき…！

ISBN978-4-8137-1712-6／定価825円（本体750円＋税10%）

『「完全なる失恋だ」と思っている夫婦ですが、実は相思相愛です！～無愛想な脳外科医はお人好し新妻を放っておけない～』高田《たかだ》ちさき・著

お人好しなカフェ店員の美与は、旅先で敏腕脳外科医・築に出会う。無愛想だけど頼りになる彼に惹かれていたが、ある日愛なき契約結婚を打診され…。失恋はショックだけどそばにいられるなら――と妻になった美与。片想いの新婚生活が始まるはずが、実は築は求婚した時から滾る溺愛を内に秘めていて…!?

ISBN 978-4-8137-1713-3／定価825円（本体750円＋税10%）

『いきなり三つ子パパになったのに、エリート外交官は溺愛も抜かりない！』吉澤《よしざわ》紗矢《さや》・著

花屋店員だった麻衣子。ある日、友人の集まりで外交官・裕斗と出会う。大人な彼と甘く熱い交際に発展。幸せ絶頂にいたが、ある政治家とのトラブルに巻き込まれ、やむなく裕斗の前から去ることに…。数年後、三つ子を育てていたら裕斗の姿が！　「必ず取り戻すと決めていた」一途な情熱愛に捕まって…！

ISBN 978-4-8137-1714-0／定価836円（本体760円＋税10%）

『生涯、愛さないことを誓います。～溺愛禁止の契約婚のはずが、女嫌い御曹司が甘く迫ってきます～』美甘《みあま》うさぎ・著

父の借金返済のため1日中働き詰めな美鈴。ある日、取り立て屋に絡まれたところを助けてくれたのは峯島財閥の御曹司・斗真だった。美鈴の事情を知った彼は突然、借金の肩代わりと引き換えに"3つの条件アリ"な結婚を提案してきて!?　ただの契約関係のはずが、斗真の視線は次第に甘い熱を帯びていき…！

ISBN 978-4-8137-1715-7／定価836円（本体760円＋税10%）